밤을 닫다

Fermé la nuit

KB106571

FERMÉ LA NUIT
by Paul Morand

Copyright © Éditions Gallimard 1923
All rights reserved.

Korean Translation Copyright © Minumsa 2020

Korean translation edition is published by arrangement with
Éditions Gallimard.

이 책의 한국어 판 저작권은 Éditions Gallimard과
독점 계약한 ㈜민음사에 있습니다.

저작권법에 의해 한국 내에서 보호를 받는 저작물이므로
무단 전재와 무단 복제를 금합니다.

폴 모랑
문경자 옮김

밤을 닫다

Fermé la nuit

차례

포르토피노쿨름[1]의 밤

사륜마차 모양의 고속 승강기는 나를 태우고 곧장 그 층으로 올라가 멈추었다. 이어서 양탄자가 깔린 길고 좁은 길이 나타났다. 초록색 테이프로 J. P. O'P라는 표시를 붙여 둔 규격 박스같이 생긴 검은색 대형 여행 가방들이 30여 미터 늘어서 있었다. 갑자기 난과 나리꽃, 진달래꽃 들이 장벽처럼 나타났고 그 속에서 황동색 잠자리 몇 마리가 날아올랐다. 날개에는 그리스 플로리스트들의 주소가 적혀 있었다. 환자들이 불편할까 봐 밤에는 꽃들을 밖에 치워 두는 요양원의 복도 같았다. 1619호실에는 입구에 통과해야 할 문이 세 개 있었다. "들어오지 마시오."라고 적힌 안내 표지판이 보였다.

유럽식으로 나는 조심스레 문을 두드렸다. 들려오는 소리들 중 어떤 것도 응답 같지가 않았다. 그래서 왼쪽 문을 열어 보기로 했다. 그곳은 욕실이었는데, 기록물 보관소로 사용되는지 욕조에는 편지와 원고 들이 가득했고 변기 위에는 타자

1 이탈리아 휴양지 카모글리에 있는 호텔

기가 놓여 있었다. 내 모습이 거울에 반사되어 물러설 수도 없던 나는 침실로 들어가 이미 거울 속에 드러난 내가 누구인지 밝혀야만 했다.

세탁물을 쌓아 놓은 것처럼 뒤죽박죽 어지러운 침대에는 베개에 머리를 깊숙이 박은 오파타가 몇몇 사람들에 둘러싸인 채 누워 있었다. 나는 그의 눈을 알아보았다.(그 즈음《뉴욕 아메리칸》에서 유명 인사들의 눈 경연 대회가 있었는데, 아침마다 이글거리거나 흐리멍덩한 많은 눈동자들의 주인을 알아맞혀야 했다.) 사이펀이 액체를 분사하듯 시선이 곧고 강렬한 오파타의 눈은 쉽게 식별이 가능했다. 호텔 소속 프랑스인 미용사 마리우스 칼베르가 몹시 힘겹게 그의 머리카락을 꼬불꼬불한 곱슬머리로 만들고 있었는데, 그 모습이 마치 아스트라칸산 모피로 만든 빵모자 같았다.

"포마드를 좀 더 바를까요, 선생님?"

포마드가 지글지글 소리를 내며 이 희생 제의를 위해 연기를 피워 올리고 있었다. 제물이 마치 낙인이 찍히고 있는 송아지처럼 울부짖는 듯했다.

"선생님 나이에 이렇게 숱이 많다니! 어쨌든 죽을 때까지 대머리용 앞머리 가발은 필요 없겠습니다."

"대대손손 우리 집안은 가위 날도 부러뜨리는 머리카락을 타고났지."

쉼 없이 전화벨이 울렸지만 아무도 개의치 않았다.

높이 치솟은 호텔의 화려한 외양에도 불구하고 그 방은 늙은 학생이 거처하는 지붕 밑 다락방으로 변해 있었다. 자기 주변에 있는 것에, 가령 자기 개, 입고 있는 바지, 자기 여자에게 강한 영향력을 발휘할 의기양양한 존재들이 있다. 오파타의 방은 그의 이미지대로 모든 것이 뒤죽박죽이며 불결했고 뭔가 영적인 느낌이 있었다.

오후 4시. 낮은 층에서는 해가 이미 철수한 상태였지만, 여전히 햇빛은 강렬했다. 오파타는 꾸깃꾸깃한 침대 시트 속에 안경을 던져 둔 채 누워 있었다. 침대 시트가 그의 더러운 맨발까지 덮지는 못했다. 침대에 가까이 당겨 둔 탁자 위에는 마개를 딴 작은 병, 밤마다 어둠 속에서 끄적거린 시구와 주석들로 가득한 쪽지들, 소극에 등장하는 광대들이나 쓸 법한 연발 권총 모양의 헤어드라이어, 점점 크기가 작아지는 빌보케 몇 개가 놓여 있었다. 바닥에는 화장지와 게일족 출신의 유명한 시인이 전날 밤 롱아일랜드에 상륙한 소식을 상세하게 대문자로 전재한 뉴욕의 아일랜드계 잡지가 흩어져 있었다.

벽 위쪽에는 "당신의 신발을 세탁할 수 있게 이곳에 두시오."라는 글귀가 쓰여 있는 쪽문이 하나 나 있었다. 오파타는 성모 월을 맞이하여 이 쪽문을 푸른 촛불과 성모상으로 장식해서 작은 제단으로 바꾸어 놓았다. 빗장 뒤에는 "자유 아일랜드 만세"라고 적힌 깃발이 핀으로 꽂혀 있었다.

젊은 사제 한 사람이 침대에 앉아서 오파타에게 복음서를 읽어 주었다. 그는 가운데를 둥글게 깎아 낸 성직자 특유의 머리 모양을 하고 있었는데, 머리카락은 금으로 착각할 정도로 강한 금빛이었고, 목에는 로마식 칼라가 로맨틱하게 둘려 있었다. 그가 일어나 나를 맞이했다. 그러고서 내게 말했다.

"기자의 방문은 저녁 식사 전에 한꺼번에 받습니다."

그가 내 신발을, 이어서 나의 전투용 지팡이를 쳐다보더니 웃음을 터트렸다.

"그 지팡이는 저기 내려놓으시죠, 뭐 하나 부술 것 같아

뵙니다."

내가 기자일 거라는 생각을 이내 포기한 걸로 보아, 그는 분명 내 눈에서 정보를 캐내려는 기미가 전혀 없는 공손함만 발견한 것 같았다.

"돈을 요구하는 거라면 여기 적으세요. 자서전 작가들은 매주 목요일 오후입니다. 기부는 낮에는 에키타블에서 밤에는 호텔 사무실에서 접수합니다."

사제는 손과 옷소매를 연신 흔들어 대며 내게 이 모든 것을 설명했다. 모자 속에 죄를 집어넣고 그 속에서 성스러운 비둘기를 끄집어낼 것만 같았다. 그 자신은 이를 잡거나 이빨을 청소해 주면서 거대한 동물의 몸에 서식하는 익조들 같았다.

내가 명함을 내밀자, 사제가 그것을 오파타에게 건넸다.

"프랑스 사람이요? 우호적인 우리 편 개구리."

"선생님, 저는 남들처럼 F.O.B.[2] 침대 시트나 골웨이에 정박하고 언제든 넘겨줄 수 있는 낡은 총들의 선택 사양을 당신에게 보여 주러 온 것이 아닙니다. 저는 어쩌다 우연히 미국에서 징집되었습니다. 저의 직업은 조각가입니다. 제가 여기 온 것은 가장 유명하고 위대한 켈트 지지자이자 최후의 아일랜드 시인으로서 당신에게 경의를 표하고 당신의 흉상을 제작할 수 있도록 허락을 구하기 위해서입니다."

지난 7월 14일 총영사관 파티에서 만난 적이 있는 마리우스 칼베르는 자신이 개입해야 한다고 생각했는지, 나를 가리키면서 말했다.

"믿으셔도 됩니다. 이분은 예술가예요. 프랑스 사절단을

2 free on board. 본선 인도(本船引渡)의 약어

통솔하는 장군이 자기 발의 석고형을 뜰 사람으로 그를 선택했었죠."

오파타는 침대 시트를 걷어내고 몸을 일으켰다. 그리고 수 놓인 국화들 위로 황새들이 날아가는 문양의 일본식 실내복을 몸에 걸쳤다.(나는 호텔 복도에서 이런 옷을 입은 노인들이 지나가는 모습을 보고 놀라지 않을 수 없었다. 왜냐하면 일본에서 꽃무늬 기모노는 주로 소녀나 화류계 여자들이 입는 것이었고, 점잖은 사람들은 모노그램 문양의 수수한 색채를 좋아하기 때문이다.) 오파타가 말했다.

"나는 프랑스인들을 좋아하오. 그들도 우리처럼 도처에 자신의 작은 뼈들을 남겨 놓았기 때문이오. 특히 1798년에는 아일랜드를 구하기 위해 코크의 동굴에 뼈를 묻었소. 또 프랑스에는 위인들, 방귀만 뀌어도 땅이 흔들릴 만큼 위대한 사람들이 있었소. 이런 기록적인 역사를 가져 본 나라는 그리스, 로마 그리고 프랑스뿐이오. 그렇지만 장차 미국의 아일랜드인들 때문에 미국이 그다음 차례가 될 것이오."

그의 화를 좀 돋울 요량으로 내가 물었다.

"영국인은요?"

그가 신경질적으로 버럭 말했다.

"아니오. 영국인들은 도처에 영국을 옮겨 놓소. 세계 어디서든 영국은 영국일 뿐이오. 그래서 그들은 그저 자국의 유명인, 지역의 명사들일 수밖에 없소. 이는 세상에서 가장 두려운 일이오."

"그렇다고 아일랜드인들이 영국에 영웅들을 제공했나요?"

"사는 동안에 재치 있는 말만 몇 마디 하고 행동은 칠칠치 못했던 사람들은 결코 웨스트민스터에 들어갈 수 없다는 사실을 아셔야 하오……(저 선풍기 좀 꺼요. 말소리가 들리지 않으니!)"

오파타는 매사를 비관적으로 보는 바람에 한층 노쇠해진 60세 남자였다. 그는 로마의 산카를로알레콰트로폰타네 성당 주변에서 마주칠 법한 자기 차에 탄 교황청의 고위 성직자와 비슷했다. 그들은 대개 검은 머리에, 푸르스름한 면도 자국이 있는 삼중 턱, 고전극에 나오는 하인들의 코처럼 거만하게 들린 코, 불쑥 튀어나온 귀, 기분 나쁘게 청량한 시선을 가지고 있다. 사람들은 그들이 영어로 말하는 것을 들을 때까지는, 또 그들이 시스티나 길을 따라 산책한 뒤 어두컴컴한 대저택으로 들어가는 것을 볼 때까지는 그들이 라틴족이라고 확신할 것이다. 그제야 그가 성직자 모임인 콜레주에 가는 중인 아일랜드인 고위 성직자라는 사실을 알게 된다. 오파타가 자신의 비서이기도 한 사제에게 말을 건넸다.

"크럼 신부님, 내가 운동하는 동안 그가 읽어 볼 수 있게 이 젊은 예술가에게 내 약력을 좀 갖다주세요. 자신이 다룰 주제에 대해 공부해 두는 게 좋을 테니."

오파타는 흑인 하인에게 벽장을 열도록 시켰다. 벽장 안쪽으로 샌드백이 매달려 있는 것이 보였다. 이어서 그가 기모노를 벗자 그의 벗은 몸이, 믿기지 않을 만큼 단단하고 강한 상체가 드러났다. 근육이, 주로 탄탄하게 솟아오른 등 근육이 무성한 검은 털 속에 파묻혀 있었다. 그러고는 손에 붕대를 감고 8온스 장갑을 낀 뒤, 왼쪽 오른쪽으로 짧지만 엄청난 힘이 들어간 훅을 뻗어 모래주머니를 치기 시작했다.

나는 약력을 읽어 내려갔다.

오파타(제레미아 패트릭), 문인, 1862년 5월 13일 이니시키 출생. 던코믹스쿨에서 초등교육 받음. 16세에 첫 미국 뉴욕 여행. 대장장이(1878), 증기기관차 종 주조공(1882), 파리 오데옹 호텔 체류(1890). 발칸 반도와 소아시아 도보 여행. 성지 순례(1893), 게일어연맹[3] 회원(1894),《옐로 북》.《하퍼스 매거진》,《라 보그》,《라 르뷔 블랑슈》에서 공동 집필,《아이리시 맨》의 특파원으로 필리핀 답사(1896),「오스트레일리아 우물 시추에 관한 연구」(1897), 바베이도스에서 바나나 도매상,『켈트의 전설』(1898), 보어 전쟁에 강력히 반대. 아이리시홀리건 통솔(1899),『관용과 꿈』(1902), 벅스턴에 토지 매입(1903)……

전화벨이 끊임없이 울려 대자 오파타는 운동을 멈추고 전화선을 이로 물더니 그 자리에서 선을 절단 내 버렸다.

……남아프리카의 다이아몬드 세공사들이 명예 훼손 소송 제기(1904), 사법관 모욕으로 유기 강제노역형(1904~1906), 페이비언협회 회원,『사회주의자의 변론』(1907),『지구에 바치는 시』(1908),『킬만햄의 노래』(1909).『농업 공산주의 시론』,『드루이드의 미래』(1912),『선돌(서사시)』(1913),『아일랜드는 임무를 수행한다』(1916). 리폼 클럽, 로열오토모빌 회원. 개고기금지채식주의연맹 회원. 자전거, 체스, 연어 낚시, 권투, 유령의집에서 신체 수련.

주소: 스테펜스 그린, 18번지, 더블린. 안티곤하우스, 드로이다. 버펄로 박람회에서 명예 (은)메달 수여, 아르카디 훈장 수훈자.

"내가 너무 세게 두들겨서 놀라셨소? 나는 열여덟 살 때

3 Counradh na Gaedhilge, 1893년 7월 31일 아일랜드에서 아일랜드어 사용의 지속을 목적으로 더글러스 하이드가 창설한 더블린 기반의 조직

볼드윈 공장에서 작업대를 망치로 가장 세게 내려치는 직공이었소."

오파타는 나의 넥타이를 잡고 나를 밝은 곳으로 끌고 가더니, 교활하고 위선적인 회색 눈으로 내 눈을 응시했다. 세차게 뛰는 그의 심장을 느꼈다. 땀에 흠뻑 젖은 그의 몸에서는 인부의 작업복 냄새가 났다. 그가 내게 말했다.

"나는 성가신 천사와 사랑에 빠졌소. 내 머리 모형을 뜨고 싶다니, 당신도 내 머릿속에서 일어나고 있는 일을 알 필요가 있소. 사랑에 빠진 사람과 그러지 않은 사람의 뇌 용량은 다르오. 젊은 사람들과 마찬가지로 우리 나이 든 사람들도 상황에 따라 엄청 유연하지. 당신도 틀림없이 이해할 거요! 당신과 같은 나라의 여자요. 이름은 위르쉴 코엔."

"양말 편직공이 보냈어요." 현관에 난 창문 너머로 심부름하는 소년이 소리쳤다. 달리는 기차에서 던지는 신문처럼 그가 방으로 소포 꾸러미 하나를 집어던졌다.

오파타는 그 소포를 발로 차서 가구 아래로 밀어 넣고 청구서는 둘둘 말아서 거울 달린 장롱 위로 던져 버렸다.

그의 주변에서는 모든 상황이 들뜨고 기발하고 익살스러운 희가극같이 되어 버렸고, 어쩐지 격하면서 게을렀다. 약간 신맛이 나는 산뜻한 크림으로 대서양 연안의 무겁고 습한 분위기를 깨트리면서 사람들에게 마법을 거는 남프랑스의 선명한 매력에 빠져들었다. 그것이 아일랜드의 기질이었다. 오파타를 다시 만날 기회가 있을 때마다, 나는 눈에 보이지 않는 어떤 왕이 베푼 발레 공연을 보는 듯한 인상을 받았다. 그에게 접근하는 사람은 누구나 그 공연장에 입장했다. 위대한 사람의 주위에는 존경과 감동과 숭배의 분위기가 감돌기 마련이다. 그의 주위에서도 모든 것이 설레었고, 모두가 춤을 추고 거짓말을 하기 시작했다. 오페라 「장미의 기사」[4]의 막이 오른 것만 같았다. 그럼에도 그는 위대한 시인이었다. 클로델의 말대로라면 아마도 살아 있는 가장 위대한 시인 중국의 오시안에 버금가는 시인이었다. 어떤 카페도 어떤 살롱도 어떤 대륙도 그를 가입시키고 끌어들일 수 없었다. 우리는 그의 시들을 암송했다. 그의 신작 시들을 단어당 1파운드에 전보를 쳐서 제국 전역에 퍼뜨렸다. 완벽한 문장 속에 자기 민족의 정수를 자연스럽게 표출하는 형식의 순수성이 유럽에서 가히 최고라 할 만했다. 아일랜드가 이제 희망 없는 명분에, 거대한 과거에 의해 거세된 한 민족에 불과해졌을 때, 오파타는 그 농축된 슬픈 정수를 되살린 뒤에 고대의 모험심을 곁들여서 더욱 풍성하게 만들었다. 또한 과거 신음으로 가득했던 황량한 저 켈트의 풍경에 폭소와 광란, 우연 그리고 현대시가 획득한 온갖 성과들을 동원하여 생기를 불어넣었다.

나는 마침내 당시 해안에서 심지어 해적선에서조차 확성기를 들고 유럽에서 도착한 모든 유명 인사에게 던지곤 했던 질문을 그에게도 했다.

"전쟁은요?"

"전쟁? 나는 거기서 오는 길이오. 영국 본토에서, 심지어 전선에서. 나는 아미앵과 불로뉴에 설교를 하러 갔었소. 우리끼리 얘기지만, 나는 연합국이 완전한 승리를 거두지 못했다는 사실을 인정해야 한다고 생각하오. 하지만 독일인들은 패

4 1911년에 독일의 음악가 슈트라우스가 작곡한 오페라다. 기지와 유머가 풍부한 작품으로, 당시 화려하고 퇴폐적인 상류 사회의 분위기가 잘 담겨 있다.

배해야 하오. 아일랜드의 이익을 위해서는 평화가 필요하겠지만…… 쉽지 않소. 하지만 아직 때가 되지 않아서 내 말을 이해하지 못할 테니, 이 말은 전달 마시오. 때를 기다리면서 나는 공원을 돌아다니며, 독일 교도소에 수감된 형제 아일랜드인들에게 더 많은 소포를 보내 달라는 연설을 하고 있소. 내가 여기 온 것도 그 때문이오."

그는 영국에 수감되어 있는 그의 형제 아일랜드인들에 대해서는 아무 언급도 하지 않았다. 아일랜드 국가 수복의 위대한 과업, 가련한 에린[5], 집돼지의 본고장, 그 외 아일랜드인이라면 평소 거부감이 없을 상투적인 감정 표현도 생략했다. 나는 그의 반영국 정서와 1916년 사순절 주간에 그가 한 역할을 알고 있다고 생각했다. 그런데 이렇게 그가 하는 훌륭한 설교를 듣고 보니 뉴욕에 떠돌던 소문, 더블린의 총독 관저가 그에게 수고비를 넉넉하게 지불한다는 소문이 사실임을 확인할 수 있었다. 아니면 파넬[6]과 초로에 접어든 다른 많은 혁명가들이 그랬던 것처럼, 그도 합법적인 정치를 좋아하게 되어서? 아니면 그 반역의 영웅들이 결국 작가인 동시에 동업자들이기 때문에, 그들을 안타까워하는 것도, 그들의 원수를 갚는 것도 포기해서? 어쨌든 나는 그때부터 이토록 정정한 노인의 모습을 한 오파타가 위엄과 선의와 정의에 대한 사랑을 연출하는 한편, 이면에서 남몰래 계속 변화하며 여러 역할을 하는 묘하게

5 아일랜드의 옛 이름

6 Charles Stewart Parnell. 1846년 6월 27일~1891년 10월 6일. 아일랜드의 정치인이자 독립 운동가. 아일랜드 의회당을 이끌었으나 당원의 아내 영국인 캐서린 오세이와 10년 가까이 유지한 내연 관계가 밝혀지면서 결국 정치적으로 몰락했다.

기괴하고 복잡한 인물이라는 인상을 받았다. 이 인상은 점점 강해졌다. 나는 그가 스스로 말한 것처럼 솔직하기는커녕, 필요에 따라 놀라울 정도로 이중적인 사람임을 알아차렸다. 그는 두 개의 시선과 두 개의 재능, 두 개의 목소리를 가지고 있었다. 심지어 키도 두 개였는데, 환자용 변기에 앉아 있을 때는 자그마하다가 머리를 들고 코르크 뒤축이 달린 신발을 신으면 상당히 커 보일 정도였다. 또한 전혀 비슷하지도 않은 두 개의 필체를 가지고 있었는데, 이 때문에 그는 필적학자들 사이에서 꽤 유명했다.

무대 뒤에서 꽃과 청구서 사이에 파묻힌 교태기 있는 피곤한 늙은 인기 오페라 여가수처럼, 그는 기식자들과 그를 좋아하는 사람들, 기자들 그리고 납품업자들 사이에서 체념한 듯 평온한 겉모습 아래 격렬한 열정을 숨긴 채, 이 20세기에 엘리자베스 시대의 연애 시인으로 남아서 살고 있었다.

거의 1분 간격으로 편지가 도착했다. 오파타는 크럼 신부와 흑인 하인, 그리고 나에게까지 편지를 개봉해 달라고 부탁했다. 내가 맡은 역할은 번개처럼 재빠른 원주민 시동들이 방에 쏟아놓은 전보들로 꽉 찬 휴지통을 드는 것이었다. 성직자의 둥글게 삭발한 가운데 머리 주변의 머리카락들이 선풍기 바람에 흔들렸다. 크럼은 파이프를 내려놓고 말했다.

"저는 주님이 우리에게 보내신 선물은 따로 분류하고 있습니다. 그것들은 제게 넘겨주세요."

4시에서 4시 30분 사이에, 사람들이 앨라배마에 있는 대저택 한 채, 금이 함유된 땅, 초콜릿 114상자, 표범 가죽, 야구도 할 줄 아는 길들여진 비버, 생명 보험 한 건, 수확 전에 거둔 담배, 기도용 양탄자, 경주용 말, 렘브란트 복제품 한 점을 오파타에게 보내왔다.

권투 장갑을 벗지 않았기 때문에 오파타는 이와 팔꿈치로 우편물 겉봉을 벗겨 냈다.

"이 물건들이 아직도, 그때 이후로 쭉 나를 즐겁게 해 준다고 말하는 것은 내가 지금도 명예의 전당에 등록하지 못했기 때문이오. 아시겠지만, 내 인생은 신사답지 못한 행위들로 널리 알려졌고, 내 시는 대졸자답지 못한 이미지로 유명해졌소. 이것만으로도 당신은 상류 사회, 특히 영국의 상류 사회와 나를 갈라놓는 게 무엇인지 모두 알 수 있을 거요."

*

축음기를 든 시동을 앞세우고 장식 단추에 장미를 한 송이 꽂은 한 동양인이 방으로 들어왔다.

"여기 내 명함이오."

명함에는 오펜하임이라고 적혀 있었다.

잉크로 악센트가 덧찍혀 있었다. 누구든 아일랜드에 대한 존경심을 느낄 수 있었다. 이어서 오펜하임 씨는 자신이 장롱 안에서 직접 제작한 샴페인 병이 폭발하는 바람에 한쪽 눈을 실명했다고 말했다.

"당신이 내일 태머니홀[7]에서 할 연설을 주니우스 음반사

7 18세기 말, 뉴욕에서 아일랜드 미국 이민자들의 자립을 돕기 위해 조직된 단체. 이후 민주당의 한 파벌로 변질되어 20세기 초까지 강한 영향력을 가졌던 부정한 정치 사조직이라는 오명을 남겼다.

가 녹음할 수 있는 독점권을 주실 수 있을까요? 원하시는 대로 값을 드리지요." 그리고 바지 뒷주머니에서 수표책을 꺼냈다.

"5000달러." 망설임 없이 오파타가 말했다.

수표를 뜯어 건네는 소리가 들렸다. 수표는 크럼의 손으로 넘어갔다.

"선생님, 좀 가까이 와 주시겠습니까. 제가 먼저 한번 들어 보면 좋겠는데." 음모처럼 보이는 검은 턱수염을 문지르면서 오펜하임 씨가 말했다.

오파타가 확성기에 손을 올렸다.

"아주 좋습니다. 조금만 더 높게. 목소리가 음반에 수직으로 떨어지는 게 낫겠는데. 불편하지 않으시면, 선생님, 침대 위로 올라가 서 주시면 좋겠습니다."

오파타는 침대의 철제 스프링 밑판 위로 뛰어올라 연설을 시작했다.

"저는 대서양 먼바다에 있는 웨스트 섬에서, 미국 바람을 쐰 아일랜드인 어머니의 지극한 환대를 받으며 첫째로 태어났습니다. 어부들 틈에서 이끼 낀 지붕 아래 구아노[8]로 만든 집에서 자랐습니다. 창문 앞에는 생선뼈로 뒤덮인 넓은 들판이 펼쳐져 있었는데, 그것은 이 세상에서 유일하고 영원히 녹지 않는 눈 같았어요. 사이클론이 몰아치면 바람을 잠재우기 위해, 아버지와 그를 왕으로 추대한 바다표범 사냥꾼들은 양털로 만든 우상을 절벽 높은 곳으로 가져가곤 했습니다.

소비, 종교, 군 복무는 사람들이 아직도 태양과 솟아나는 샘물을 숭배하는 저 일부 섬들 속으로 결코 침투해 들어가지

8 바닷새의 배설물이 바위 위에 쌓여 굳어진 덩어리

못했습니다. 소용돌이치는 해류 위로 바닷새들이 어지럽게 원을 그리며 날아다녔습니다. 저 자신도 젖을 떼고부터는 바다제비 기름과 포트와인을 먹고 자랐습니다. 아메리카에 있는 아일랜드 형제들 모두에게 쓰러진 나무들이 화석 잼처럼 녹아 내려 매운 연기를 내뿜는 이탄과 뒤섞이는, 코노트의 남서쪽 섬들과 이니시키의 추억을 가져다드리겠습니다. 저는 여러분에게서 환대와 나은 미래에 대한 희망, 그리고 여러분이 우리와 함께 연합국의 승리에 동참하리라는 확신을 얻고자 여기 왔습니다. 연합국의 승리는 전 세계에 새로운 정의를 뿌리내릴 것입니다. 마치 겨울이면 뚱뚱하고 볼품없는 여자의 엉덩이에라도 우르르 몰려가는 군인들처럼, 앤틸리스 제도의 섬들이 따뜻한 곳을 찾아 몰려드는 이곳 멕시코 만에서 바닷물이 우리를 떠밀어 가장 따뜻한 아메리카 연안과 만나게 하듯이, 나라는 존재를 통해 두 대륙의 우정이 영원히 엄숙하게 확인되고 있습니다. 월경처럼 규칙적으로 바닷물에 떠밀려 해안으로 밀려온 열대 종자들은 짠물에도 불구하고 종종 우리에게 한 끼 식사를 제공합니다. 쥐이나 벌레 먹은 카누, 어떤 때는 알록달록한 새들이 앉았을 마호가니나무 둥치가 떠밀려 온 적도 있습니다……

우리는 여전히 충성심을 간직하고 있지만 자유롭습니다. 온갖 종족들이 뒤섞인 이곳에서도 아일랜드의 뇌들은 여전히 같은 모습으로 남아 있습니다. 과거 나무를 자르고 물을 지던 우리가 이제는 정치를 하기에 이르렀습니다. 더 고된 직업이지요. 먼저 우리가 사는 시 정치에서 시작해 이제 세계의 국경들을 벗어나 더 원대한 투쟁에 이르렀습니다. 아일랜드는 언제나 국제적이었습니다. 로마적이었고 프랑스적이었으며 미국적이었습니다. 우리는 호전적인 민족이어서, 오늘날 세계를 선도하는 정복 민족들을 길러내기 위해 우리의 피를 기부했습니다. 우리는 모든 군대에 신병들을 제공했고 도처에서, 우리 땅만 빼고…… 승리를 거두었습니다.

제가 이왕 신대륙의 월도프 아스토리아[9]에서, 이주민들을 그들의 가족과 묶어 주고 마천루를 이탄 초가집에 결합시키는 저 끈끈한 애정의 끈으로(커나드인들보다 긴밀하게) 여러분과 연결된 채 이렇게 여러분 사이에 있게 된 이상, 『켈트의 노래』에 실린 나의 시 한 편을 여러분에게 암송하여 Oilean Ur[10], 즉 새로운 세계인 이 아메리카 대륙, 가난한 아일랜드인들의 신기루인 이 행복한 섬에 경의를 표하게 허락해 주십시오."

오파타의 목소리가 호텔 전체에 울려 퍼지자, 마리 앙투아네트실에서 대기하던 기자들과, 방에서 저녁 식사 전 면도를 하던 손님들, 제럴드파크에 아이들을 방치한, 회색 백조 같은 아일랜드인 하녀와 유모들, 식기 세척인들, 세탁부들, 사설 탐정들, 발 치료사들, 모피 제품용 냉동고 관리원 등 점점 많은 사람들이 복도와 그의 침대 주변에까지 모여들었다.

언젠가 내가 검은 무덤 아래 누워 있을 때
솜씨 좋은 수달들 속에서
내 영혼이 다시 태어날 때……

오파타가 암송을 시작했다.

9 뉴욕의 왕궁이라 불리는 미국의 최고급 호텔

10 작자 미상의 아일랜드 전통요로 제목은 새로운 세계라는 의미다.

짐을 지고
땅을 파는 자들
아일랜드인들이여,
더 가볍게 자유를 짊어지겠는가?
오! 여러분은 수확할 것인가, 그런가?
오! 새롭게 수확할 것인가,
영원히 남을 위해?
그리고 당신들,
그물과 작살을 든 채
구아노와 조개껍데기 더미 속에 누운,
관상용 사이프러스를 닮은 실편백나무들에 둘러싸인
선조들 당신들은?

이윽고 그가 다음의 구절에 이르자,

아일랜드 까치는 겨울에도 노래를 부르고……

모두가 무릎을 꿇었고 클레블리의 저 유명한 노래에 맞춰 합창을 했다.

오! 수확할 것인가, 그런가?
오 수확할 것인가, 영원히 남을 위해?

아일랜드인들은 완전히 축 처져 있다가도 갑자기 비장해진다. 중간 단계가 없다. 암거래되는 위스키와 밀수입된 무기, 그리고 시는 그들이 가장 소중하게 여기는 즐거움이다. 자유도 잊지 않는다. 그것은 참 값비싼 국민 요리다. 호텔 전체가 흥분의 도가니였다. 노랫소리 때문에 천장의 철골조가 진동하고 수도관에 물이 흘러내렸으며, 종업원 전용 계단이 휘청거리고 지붕이 들썩일 정도였다. 금테 안경을 낀 젊은이들이 아래 20층에서 또 거리에서도, 타고 있던 포드 자동차에서 일어나 나팔과 경적, 장난감 종을 들고 시위하면서 돌발적인 행동들을 했다.

건물 밖에서는 조명 광고판에 밀린 햇빛이 차츰 사그라지고 있었지만, 오파타는 화재 시 대피하는 철제 난간에 모습을 드러낼 수밖에 없었다. 마치 브로드웨이에 몰려든 군중을 보는 듯했다. 납으로 만든 산탄 같았다. 철학 연구소에서 종이 모자를 쓴 학생들이 쏟아져 나왔다. 그들이 외치는 "자유 아일랜드 만세!" 소리가 승강기보다 빨리 올라왔다.

"팻의 말을 경청하라! 노련한 믹의 말을 경청하라!"(팻, 믹은 아일랜드인을 가리킨다.)

"노련하고 위대한 보스 만세!"

모두가 서로 부둥켜안았다.

내가 오파타 뒤에서 난간 위로 몸을 내밀고, 「메로페」[11]의 저녁(그림[12]이 볼테르의 절정에 이른 재능을 예찬한 그의 편지에서 묘사한 것처럼, "횃불을 들라! 횃불을 들라! 모두가 그를 볼 수 있도록")에 대한 생각에 잠겨 있을 때, 나는 등 뒤에서 아주 강력한 기운과 뜨거운 열기를 발산하는 어떤 육체를 느꼈다. 돌아서서

11 1743년 코메디프랑세즈에서 상연된 볼테르의 비극

12 Friedrich Melchior, baron von Grimm(1723~1807). 외교관이자 프랑스어로 글을 쓴 바바리아 출신 문인. 당대 유럽의 지성으로 불린 볼테르의 작품에 관심이 많았다.

나는 이전에 결코 만나 본 적이 없었는데도 그이에게 물었다.

"당신이 위르쉴이오?"

대답 대신 그녀는 내게로 달려들어 나를 붙잡고는 혀로 내 입술을 훑었다.

"말보다 더 빨리 친해지게 해 주는 방법이죠." 그녀가 말했다.

공중 철도의 경기관차들 쪽에서 번개가 번쩍였다. 5초 뒤 브루클린 다리에서 천둥이 들렸다.

*

이 키스가 내게 어떤 영향을 끼쳤는지 말로 다 표현할 수가 없다. 다만 매우 특별했다는 점만 말해 두겠다. 뜨거운 한 잔의 우유처럼 촉촉하고 지워지지 않는 생생한 느낌, 거기에 취해 넘어지지 않으려면 애를 써야 할 정도였다. 이어서 여러분도 느꼈겠지만, 깊이 팬 도끼 자국처럼 좀처럼 없어지지 않는 입 그리고 입술 가장자리에 남은 다정스러운 동물의 평평한 혀의 감촉. 하지만 이런 종류의 미소 뒤에, 금방이라도 달려들 것 같은 표범의 반쯤 감은 눈이, 조련사의 기력이 약해지는 틈을 호시탐탐 노리는 반전이 있었다. 나는 일찍이 위르쉴만큼 고양이 같은 느낌을 주는 존재를 만나 본 적이 없었다. 이 매력적이고 원초적인 사람은 자신의 쾌락을 온전히 낚아채기 위해 상대의 쾌락이 고통으로 변하도록 기다리고 있었다. 위르쉴은 냉정하다라는(흐물흐물 물에 젖은 것 같은) 이 옹색한 단어에 알 수 없는 생기를 부여했다. 그녀는 무엇을 원하고 있었던가? 나는 한동안(이 모든 것은 남아 있는 기억의 파편으로 추후에 지어낸 것이 아니다.) 이 닫힌 항아리처럼 알 수 없는 존재의 주변을 서성였다. 사람들은 대개 처음에 '어떻게 이 사람에게 다가가지?'라고 생각하면서 그 존재의 주변을 탐색한다. 나는 그녀의 손에서 감정선을 찾았고, 그 감정선 속에서 나 자신을 찾곤 했다. 마르셀 웨이브 헤어스타일 아래 그녀의 머릿속 어디에 저 놀라운 파괴적 성향이 들어 있을까? 그녀의 재능은 얼마나 천부적이었던지! 여기에 그 증거를 제시한다면, 나는 정말 큰 위안을 받을 것이다.

그녀의 아버지는 사람들이 내다 버린 천을 주워다 되파는 고물상이었다. 그녀는 여기저기 시골 벽지를 떠다니면서 어리숙한 속물의 모습으로 어린 시절을 보냈다. 그녀는 자기 운명을 알고 있는 듯이 보였지만, 어디서 왔는지도 몰랐고 어디에도 가지 않았다. 처음에는 런던에서, 그다음에는 아메리카에서 그녀는 역겹고 불쾌한 구경거리를 피하듯이 전쟁을 피해 다녔다.(아무리 폭이 넓어도 깃발로 원피스를 만들 수는 없으리라.) 그녀는 이 나라에서 저 나라로 이 국적에서 또 다른 국적으로 무심하게, 사람들이 자신을 보내는 대로 옮겨 다녔다. 언제나 귀중품 같은 것을 거래하는 시장은 있기 마련이라고 확신했다. 그녀는 모든 숙식 제공, 단 요금이 모두 면제되는 것을 받아들였다. 그녀는 단번에 익명의 단체나 대단한 인사 들도 도달하기가 매우 어렵다는 제법 체계적인 무정부 상태에 이르렀고, 숙련된 국제적인 감각을 얻었다. 정말로 그 외 다른 것은 아무것도 알지 못했다. 왜 찾아보겠는가? 어떤 것도 그녀에게 흔적을 남기지 않았다는 것, 그녀가 엄청난 적응력과 언제나 순종적인 눈빛으로 가고 싶은 곳은 어디든 가고 떠나고 싶을 때는 언제든 떠났으며, 어떤 야비한 교섭에도 절대로 비열해지지 않고서도 사면을 받아 냈다는 것, 정중한 때로는 그렇지 않은 경고 앞에서도 한결같이 당당하게 응대하며 패주라고는 몰랐다는 것은 분명한 사실이다. 모든 빛을 굴절해 버리는 그녀는 그녀를 우리에게 인도해 온 위험하고 비밀스러운 임무에 대해 어떤 허가증도 받은 적이 없었다. 그녀는 언제나 예리했고 누구와도 공유할 수 없는, 육체적으로 누구에게도 종속되지 않은 완전히 독립된 존재였다. 한마디로 그녀는 완벽한, 풀이하자면 세금을 안 내도 되는 귀족이었다.

그 후 석 달 동안 내 인생에서 최악의 시간이 이어졌다. 위르쉴은 지체 없이 자기 몸을 내주었다가 너무도 빨리 다시 몸을 거두어들여서, 나는 내가 그녀를 품었던 적이 있었는지 의심스러울 정도였다. 너무 강렬했던 기억에서 벗어나기 위해 흔히 읊어 대는 모든 지혜들을 경멸해 왔기 때문에 나중에 그 욕망이, 진실로 치장된 만큼 욕망들 중에서도 가장 끔찍한 그 욕망이 되살아났을 때, 나에게 그런 지혜는 결여되어 있었다. 장식 빗에서 떨어진 꽃 장식과 진주 장식 실핀들이 가득한 흐트러진 침대에 나를 두고 그곳을 벗어나기만 하면 그녀는, 마치 그녀가 진심으로 원했던 것은 내게 병균을 침투시키는 것일 뿐, 이제는 자신이 그 질병에 전염될까 겁이라도(이는 내게 진정 영광이었다.) 난 사람처럼 나를 피하기 시작했다. 어느 날 그녀가 잠든 틈을 타서 나는 그녀의 주홍색 립스틱을 잡아채어 그녀의 가슴에 대문자로 빨갛게 DANGER라고 적었다. 그렇게 하고 나니 나는 좀 더 대담해졌다. "늑대를 호리는 매혹적인 늑대"라고 부르면서 그녀를 희롱하려 했다. 소용이 없었다. 그녀는 나를 위해 온갖 모욕과 거짓말, 실망스러운 짓거리들을 마련해 두었다. 교묘한 듯했지만 전혀 그렇지가 않았다. 그녀의 모든 것은 본능적이었기 때문이다. 그녀는 정말 다정하게 나를 배려했고, 간혹 저녁 모임에서 내게 장난삼아 골탕을 먹이기라도 했을 때는 즉시 한밤중에 전화를 걸어와 내 생각과 기분이 어떤지 알고 싶어 했다. 이처럼 바로 직접 그것도 매우 신속하게 결과를 확인하는 그녀의 독특한 방식이 아니었다면, 그녀가 잔인하다고 의심할 수도 있었을 것이다. 이런 그녀의 방식에, 나는 낙하지점을 확인하러 오느냐고 말했다.

"나와 함께 있으면 하품 나올 일은 없다고 자신해요."

그녀는 선언하듯이 말하곤 했다. 그리고 늘 다음과 같은 말을 덧붙였다.

"당신에게 축복을."

나는 엄청난 축복을 받았다. 그녀가 내게 준 꽃들을 짓밟아도, 그녀와 헤어진 뒤 얼굴을 구석구석 씻어 내고 손을 닦아도 소용이 없었다. 그녀의 향기는 내 안에 남아 있었다. 오파타가 한 말이 떠올랐다. "그녀의 몸이 내게 은혜를 베풀 때면, 나는 나보다 먼저 시행된 모든 사형 집행에 대해 침묵하는 단두대가 생각나오."

다행스럽게도 위르쉴, 저 난폭한 장미의 또 다른 희생양인 오파타가 그녀를 대하는 연출된 태도가 내 기분을 전환해 주곤 했다. 그는 나처럼 그녀에게 대응하지 않았다. 좀 더 신중하고 강하게, 그리고 여자를 잘 아는 그 나이의 남자답게 대응했다. 그렇지만 그도 생리적 욕구 때문에 괴로워했는데, 내가 들은 바로는, 그는 그녀를 자신에게 더 의존하게 만들었지만 그녀가 그 점을 용납하지 못했기 때문에 그를 훨씬 더 심하게 다루었던 것 같다. 그녀는 말하곤 했다. 그가 원하지 않는

데도 그녀가 그에게 제공한 특별한 쾌락들(그 소리 때문에 옆방 사람들은 불평을 늘어놓곤 했다.) 때문에 그가 그녀에게 집착했다고. 그럼에도 그는 "난 기질이 매우 거칠고 단순해." 또는 "나 역시 내 동포들처럼 반응이 거칠어."라고 말하면서 "관능의 솔직함"을 언급했고, 그의 말을 듣는 이에게도 아일랜드가 부당하게도 자랑스러워하는 결함 중 하나인 이런 미련한 맹신을 요구했다.

*

새벽 5시 무렵 선실의 흰색 문 너머에서 누군가 킹스타운에 도착했음을 알렸다. 아니 이제는 던레러[13]라 말해야 한다. 술 취한 누군가가 켜 둔 채 잊어버린 전등처럼, 등불들이 환하게 빛을 밝히고 있었다. 갑판에서는 시원한 바람이 텅 빈 머리를 가득 채웠고, 발코니 냄새는 내장을 뒤집어 놨다. 하늘은 회색빛이었고, 여과지처럼 금방이라도 모든 것을 흡수해 버릴 태세였다. 배는 선체 옆의 구멍을 통해 뜨거운 물을 뱉어내고 있었다. 나는 우리가 이미 작은 만의 한복판에 와 있다는 것을 알아차렸다. 크게 벌린 아가리처럼 생긴 만은 앞니 모양의 해안 절벽 쪽으로 가장자리가 들어 올려져 있었다. 그 아가리 안쪽 깊숙한 곳에서 용이 내뿜는 것 같은 검은 연기가 뿜어져 나왔다. 더블린이었다.

13 더블린의 남동쪽 13킬로미터 지점에 위치한 항만 도시. 1821년 영국의 조지 4세가 방문한 뒤 킹스타운으로 개명되었다가, 1921년 옛 아일랜드 명칭을 회복했다.

며칠 전에 나는 오파타로부터 무선 전보를 한 장 받았다. 그는 내가 뉴욕에서 제작한 그의 흉상이 파리에서 호평을 받았다는 사실을 알고 있던 게 틀림없었다. 왜냐하면 그가 묘비 건립 계획 건으로 내게 드로이다로 그를 찾아와 달라고 부탁했기 때문이다. 시에 무슨 기부라도 하고 싶었던 것일까? 나는 1918~1919년 1년을 되돌아보았다. 그런 해는 다시없을 것이다. 계절도 기후도 초록도 생일도 없었다. 그해에는 내내 폭력 사태와 희생이 잇달았고, 마지막 공세로 극심한 고통을 겪었으며, 간간이 전쟁을 멈추었고, 연설가들의 화려한 수사와 화폐의 남용으로 모든 것이 왜곡되었다. 모닝코트 차림의 무수한 인사와 영웅, 통계, 팡파르, 장식, 회한 그리고 정치 체제들이 그해를 지나쳐 갔다. 한마디로 사람들이 상상해 왔던, 그토록 신중을 기한 종교적인 평화로의 복귀와는 완전히 동떨어진 삶이었다. 그런 만큼 이 새로운 삶은 죽음 이전의 모든 단계에서, 죽음보다 아름다워 보였고 죽음보다 위험해 보였다.

오른쪽으로 바닥을 드러낸 진창이 넓게 펼쳐진 만이 이어졌다. 그러나 거기에 햇빛이 비칠 때면 만은 물이라 착각할 정도로 반짝거렸다. 그물망을 든 어부들이 생선 수프 같은 진창 속을 걸어다녔다.

회복기 환자들이 느낄 법한, 진정한 배고픔이 어떤 것인지 알게 해 주는 (열이 날 정도의) 심한 허기에 사로잡힌 일부 지역에서는 전쟁이 차츰 잦아들고 있었다. 그러나 아일랜드에는 선거가 끝난 뒤, 두 바다 사이에 있는 세인트조지 해협이 통풍 장치라도 되는 양 들쑤시면서 다시 전쟁이 밀어닥쳤다. 마침내 진짜 전쟁이 벌어졌다. 이번에는 얼굴이 상기된 재력

가도, 냉혹한 협상가도, 물질적 손실에 대한 공포도, 다급하게 전쟁을 종식하려는 예민한 여론이나 전략에 대한 지식도 없었다. 스포츠 경기처럼 넓은 전장에서 지겹게 벌어지는 그런 전쟁이 아니라, 도시의 오락거리로 격상된 진짜 도시인들의 진짜 전쟁이었다.

내가 월도프에서 오파타를 만난 지 1년이 지났을 때였다. 나는 휴전할 때까지 그와 꾸준히 자주 만났고, 휴전이 되었을 때 나는 미국을 떠났다. 그는 인터뷰를 통해서나 연회에 참석하여 열심히 자기주장을 펼치곤 했다. 술에 취하고 산만하고 부주의했지만, 영국의 최고 평론가들이 말하는 저 야생적인 아일랜드인들의 자손으로서, 그는 그곳에서 사람들의 환심을 사는 데 필수적인 것, 즉 종교적이면서도 희극적인 감각만큼은 본능적이었다. 그는 대서양을 가리키며, 세인트패트릭의 소명을 결정지은 저 유명한 말 "당신을 위해 배 한 척이 준비되어 있노라."를 미국인들에게 외쳐 대는, 언제나 애국심이 충만한 이야기꾼 켈트족 음유시인의 자손이었다.

그가 아일랜드로 돌아간 이후로 나는 그를 다시 보지 못했다. 그는 1919년 초에 아일랜드에 도착했다. 내가 알고 있었던 것은 아일랜드의 관점에서 보면 매우 선명했던 선거 후에 그가 자신의 집이 불태워지는 것을 막으려고, 보안군과 유격대, 즉 R.I.C.(왕립 아일랜드 보안대)와 I.R.A.(아일랜드 공화국군)의 비위를 건드리지 않으려 애쓰면서 대립을 초월한 태도를 취했다는 사실이다. 그는 정의와 민주주의를 위한 투쟁에서 영국을 도우며 이상적인 아일랜드를 찬양하기만 하면 되던 1차 세계 대전 시 그가 취했던(뭔가를 대가로 그는 선전 선동의 임무를 맡았었다.) 태도를 더 이상 견지할 수 없다는 사실에 상당히 기분이 상해 있었다. 그때는 아일랜드 자치가 유보되고 징병제가 아직 실시되기 전이어서 만사가 평온했다.

오파타가 내게 보내 준 우편엽서 덕분에 그가 독립선언문을 승인하기는 했지만(문체와 관련된 것은 제외하고), 아일랜드 공화국 국회의 의석은 거절했다는 사실을 알게 되었다. 나는 이 위대한 작가와 관계를 유지하고 있다는 사실이 자랑스러워서가 아니라, 혹시라도 위르쉴의 소식을 들을까 기대하며 그의 엽서에 답장을 했다. 그는 내게 결코 그녀 얘기를 하지 않았다.

아침 6시, 아미앵스트리트 역에 도착하자마자 나는 짐꾼 대신 손을 들라는 아일랜드 군인들과 마주쳤다. 인적이 없는 텅 빈 더블린에는 포성만 가득했다.

이른 시각이기도 했지만, 그날은 기념일이어서 진짜 전투가 한바탕 벌어졌다. 런던의 신문들은 아직 그 전투에 대해 별다른 언급을 하지 않았다. 700년에 걸친 투쟁이 지난밤에 다시 시작되었다. 총을 든 수색 군인들이 거리 모퉁이에서 내게 총을 겨누고 나의 아일랜드 여행 일행(오른쪽 측면에는 마부를, 왼쪽 측면에는 나를 매단 수레 마차 없는 말 한 마리, 그리고 내 무릎에 놓인 여행 가방)을 막아섰다. 그들은 옷의 안감까지 세 번이나 내 몸을 샅샅이 수색했다. 더블린 사람들의 마음속에는 1916년의 위대한 부활절 주간 봉기가 소중한 기억으로 남아 있었다. 색빌 거리에는 넬슨 기념탑 주변과 가까스로 재건된 포스트 호텔, 아일랜드의 저 아름다운 구름들로 화려하게 장식한 하늘, 그 하늘을 향해 창문이 열려 있는 지붕 없는 대형 건물들에 아직도 그 흔적이 남아 있었다. 해안을 따라 쭉 늘어선 그 건물들은 회색빛 폭우가 거칠게 훑고 지나간 진줏빛의 웅장한 건축물들이었다.

클라렌스 호텔에서 내가 묵은 곳은 우아한 판테온 신전 모양의 대법원 포코트와 리피 강변 쪽을 바라보는 방이었다. 불에 그슬린 회색 벽돌이 소목 색을 띤 18세기 집들이 리피 강물에 반사되어 어른거렸다. 갈매기들이 정치 구호를 외치듯 알아들을 수 없는 소리를 질러 댔다. 일단 좀 휴식을 취하기로 마음먹은 나는 귀마개를 꽂았다. 그러자 갑자기 바보같이 똑딱거리던 기관총 소리가 아득하게 멀어졌다……

마침내 누군가 문을 발로 차는 소리가 들렸다. 나는 정오까지 잤다.

"허니! 난 어제부터 시내에 있었소."

오파타가 방으로 들어오면서 내게 말했다.

"나는 스테판스 그린의 내 집에서 살고 있소. 오늘 아침 철도교를 날려 버려서 당신은 드루이다까지 가지 못할 거요. 내 요리사는 지금 대령으로 전투에 참여 중이고, 내 집은 어제 저녁부터 공화주의자들의 피신처가 되어 저들이 기관총을 장착해 두기는 했지만 당신을 손님으로 맞이할 수는 있을 거요. 거리를 향해 집중 사격을 할 수 있는 길모퉁이의 집들은 거의 그런 형편이오."

"그게 바로 저 오랜 싸움꾼의 혈통이지……"

"물론, 자유 아일랜드 만세! 압제에 신음하는 나라들 만세! 감자를 먹고 다산하는 국가들! 이젠 서로들 치고받고 싸워 대니 아무나 만세!"

"활력이 넘치십니다, 선생님."

"그렇기도 하고 아니기도 하오. 그렇다는 것은 자연이 그렇듯이 사실 나는 아무것에도 관심이 없기 때문이오. 게다가 지금은 살아 있다는 게 무슨 소용이 있소……!"

그가 자기 생각 또는 내 생각을 더 명확히 들여다보려는 듯이 초미세 현미경에 눈을 맞추듯 실눈을 뜨고 나를 바라보았다. 그의 눈에서는 콜레오니[14]의 눈에서 보이는 것과 비슷한 노기도 느껴졌다. 그가 1917년에 피신해 있던 로마 베네치아 궁의 법정에서 가까이서 볼 수 있었던 바로 그 눈. 오파타가 말했다.

"아일랜드 사람들은 물질적인 안락을 혐오해서 자비를 증오하는 거지들이오. 게다가 우리는 모두 예외 없이 떠돌이 광대들이오.(싱[15]은 너무나 예외적이었소.) 거리에서는 바리케이드를 치고, 초원에서는 울타리를 치지.(도시에서는 보행자이고 들판에서는 짐승을 뒤쫓는 사냥꾼인 영국인들은 결코 이를 용납하지 못할 것이오.) 우리 아일랜드의 농부들은 고대 금속 화폐를 연구하는 취미만 빼면 당신네 프랑스의 농부들과 조금 비슷한 편이오. 하지만…… 절제가 없소. 특히 퍼틴(밀주)을 마시고 취해 옆 사람을 때려눕히는 성질은 다스리지를 못하오. 요컨대 당신보다 훨씬 더 남프랑스적이라 할 수 있지. 누구든지 물리도록 먹고 마실 수 있는 유형지랄까, 뭐 그 정도도 나쁘지는 않소. 양쪽 진영에서 다 나를 찾아와 이렇게 말합니다. "책임을 지시오." 대체 누구에 대해 책임을 지란 말이오? 사람들은

14 바르톨로메오 콜레오니. 15세기 이탈리아의 용병 대장으로 베네치아 궁전에 그의 기마 조각상이 있다.

15 John Millington Synge(1871~1909). 아일랜드의 극작가. 아일랜드 토착민의 생활과 전설을 소재로 독자적인 작품 세계를 구축했다. 『애런 제도(The Aran Islands)』(1907)가 대표작이다.

내가 말장난을 한다고 생각하나 보오? 내 표현이 좀 애매모호하기는 하지. 사실 나는 내 조간신문이 압수되는 걸 볼까 봐, 또 거리에서 테러리스트들의 비난을 받을까 봐 두렵소. 내게 법무부 장관을 맡아 달라는 임시 정부의 요청을 거절하는 것은 바로 이 때문이오. 배우나 작가 나부랭이에게 한 나라의 운영을 맡기지는 않소. 시인에게 필요한 것은 최대한 빨리 신화의 반열에 오르려고 애쓰는 것이오. 뭐가 되었든 자신의 행실을 개선하는 것보다는 낫소. 독이 든 치명적인 아몬드[16]지. 킬마인함 교도소의 올가미도, 계관시인의 영광도 피할 수 있게 우리 노력해 봅시다."

사실 그는 이미 자신의 입장은 중립적이라는 것을 알리기 위해 세심하게 신경을 쓰고 있었다. 노퍽재킷에 커다란 붉은 십자가 완장을 차고, 모자에는 또 다른 십자가를, 또 그의 포드 자동차의 각 전조등에는 또 다른 십자가를 그려 놓았다.(그는 네이피어를 두 대 가지고 있었지만, 징발이 있거나 전투가 벌어지는 날이면 포드를 끌고 나왔다.)

아침 식사 때 내가 남긴 설탕을 집어 먹으면서, 자기 상상에 빠져 허우적대는 이 아일랜드인은 자신의 피에 흐르는 해학을 언제라도 펼쳐 보일 태세로, 때로는 방랑자처럼 무심하게, 때로는 파면당한 공무원처럼 잔뜩 예민하게 꽤 오랫동안 말을 이어 갔다. 그가 스스로를 조롱하는 데 사용하는 그 민족 특유의 유창한 해학적인 능변은 언제나 자신은 그렇게 믿지도 않는 여러 생각들을 온통 뒤섞었는데, 감상에 빠진 그 자신이 늘 제일 먼저 거기에 희생되곤 했다.

16 성서에서 아몬드는 희망을 상징한다.

바로 내 눈 앞에서 거대한 포탄 하나가 날아와 성당의 둥근 지붕을 무너뜨렸다. 한 무리의 저격수들이 아스파라거스 한 묶음처럼 쓰러졌다. 오파타가 선언하듯 외쳤다.

"이 사태가 지속된다면, 우리는 앞으로 성당의 돔들이 붕괴……되는 것을(The domes will be doomed) 보게 될 거요."

그의 입이 당나귀 귀처럼 불쑥 튀어나온 귀에까지 가닿을 듯했다.

이른 아침 전투에서 17명 사망자가 났다는 사실을 알게 된 것은 다행이었다. 더 이상 사망자가 나오지 않은 것도 다행이었지만, 17명이 죽었다는 것도 다행이었다.

"아직 스무 살도 되지 않았소. 물에서 팔머스타운의 장미와 딸기 향이 나는 저 부드러운 리피 강을 사이에 두고 심장을 가진 저들이 총격전을 벌이지…… 아! 의회에서 의사 진행 방해 전략이 구사되고 플라토닉한 내셔널리즘 서약이 난무하던 저 행복한 시대는 어디로 갔는가…… 오늘날 이런 인신 공양들이 벌어지고 있는데, 과거 신관들이 바치던 인신 공양은 어디 있는가?

아시다시피 나는 순수한 지성이오. 내가 보기에 애국심은 분명 훌륭한 것이지만, 한편 교구들 사이의 지엽적인 분쟁과도 같소. 수탉과 종탑 사이의 분쟁, 배교(背敎)와 수탉의 싸움. 물론 나는 내 민족을 찬양하고 그들을 고무시키는 데에 생을 바쳤소. 하지만 애국심이란 또한 극단적인 개인주의요.(이런 이야기는 그만합시다.) 과거 내셔널리스트였던 덕분에 나는 모든 나라에서 동시에 유명인이 되었소. 말하자면 국제적이 된 거요. 그때 나는 보기 좋게 골탕을 먹었소. 내 나라를 과도하게 추구한 나머지 나는 조국을 잃고 말았소. 이제 해야 할 일은? 회의주의자인 채로 죽어서 사람들의 기억 속에 오랫동안 남는 것, 그리고 조금 전에 당신한테 조언했던 것처럼 최대한 일찍 전설 속으로 도피하는 일이오. 아일랜드가 처해 있는 이 경이로운 영원한 과격주의에 이제 난 신물이 났소! 복음서가 뭐라든, 이래도 좋고 저래도 좋은 미적지근한 자들이 좋소."

그러더니 그는 말이 좀 지나쳤다 싶은지 위선적으로 한숨을 내쉬었다.

"이 돈키호테 기질 때문에 난 결국 망할 거요!"

"나를 이리로 부른 것이 끝장을 내고 싶어서가 아닌가요? 얼마나 화려한 무덤을 만드시려는 건가요?" 내가 물었다.

처음으로 그의 표정이 진정으로 비통해 보였다.

"무덤이라, 그렇지…… 나 역시…… 나중에, 좀 더 나중에 당신에게 기별을 하리다. 이 모든 것에 대해 또 얘기를 나눌 날이 있을 것이오. 지금은 내게 힘이 없소…… 체력이…… 대량 공세는 전장에 제격이오. 포탄은 침실에서 터지라고 만든 게 아닌데 말이요. 만약 이런 상태가 지속된다면 나는 이사할 것이오."

이마를 문지르면서 그가 말했다.

"민족들 간의 증오는 정말 끔찍한 일이요. 시인과 예술가라는 족속은 저주를 받지 못하면 남는 것이 아무것도 없다는 사실을 나는 알고 있소. 그래도 여하튼…… 그 본질이 뭔지 알아볼 생각도 없이 정체(政體)를 위해 죽음을 택하는 당신네 프랑스인들도 우리만큼이나 어리석구려……"

그는 창문을 열더니 거리에 대고 외쳤다.

"프(f)…… 나는 평화요! 나는 불멸이오, 나는 어떤 교단에도 소속되어 있지 않소. 나의 지위는 오로지 이 세상에만 속해 있소. 요정들을 타도하라! 요정들이 아일랜드를 어디로 끌고 왔는지 한번 보시오. 초병들이여! 성 파트리치오[17]와 로이드 조지[18]는 우열을 가릴 수 없는 인물들이오."

총탄이 빗발치듯이 날아와 그는 몸을 최대한 낮추어야만 했다.

결국 오파타는 인간이 피를 한 방울이라도 흘릴 만한 가치가 있는 혁명은 없다는 오코넬[19]의 저 유명한 격언에 거의 동조하고 있었다.

"벌써 해가 중천에 떴소. 점심시간이오. 전투는 곧 잠잠해질 거요. 이 호텔에 머물지 말고 내 집으로 갑시다. 웃옷을 걸치시오. 계산은 내가 하겠소."

*

총소리에 압도된 쥐떼가 강을 가로질러 갔다.

파란 집들과 푸른 하늘. 벽들 사이의 빈 공간에 조각상들이 놓여 있는 아일랜드 옛 귀족들의 고급 저택들. 매트리스로 막은 창문을 통해 안젤리카 코프만의 그림이 걸린 천장이 보

17 Saint Patrick(387~461?). 3월 17일, 아일랜드의 수호성인으로 영국과 아일랜드에서 활동한 기독교 선교사이자 주교. 아일랜드의 가톨릭에서 가장 존경받는 인물이다.

18 Lloyd George(1863~1945). 영국의 정치가. 영국의 자유당 출신으로 1차 세계대전 중 총리로서 전시 내각을 이끌었다.

19 Daniel O'Connell(1775~1847). 아일랜드의 민족 운동 지도자. 1800년의 아일랜드 통합을 비판하는 입장에서 가톨릭 해방 운동에 가담, 1823년에 가톨릭협회를 결성, 해방 운동의 지도자로 추앙되었다.

였다. 넓게 확장한 도로에서는 대형 포들이 발작적으로 불을 내뿜었다. 전투에서 돌아오는 방탄차가 전속력으로 달려 진창물을 튀기는 바람에 닫힌 덧창과 상처투성이의 벽이 물에 젖었다. 영화사나 석유 회사, 구두의 고무 뒤축 제작사들이 제공한 구급차들이 뒤따랐고, 또 그 뒤를 적갈색의 아일랜드 사냥개 테리어들이 쫓았다. 몇 대의 전차들은 아슬아슬 위험하게 곡예를 하고 있었다. 잔디밭에는 목수가 타고 다니는 자동차 밖으로 튀어나온 목재들처럼 영국 왕들의 기마상이 쓰러진 채 빳빳한 그들의 다리로 하늘에 발길질을 하고 있었다. 어떤 가게는 회계 장부들을 쌓아서 바리케이드를 쳐 두었는데, 거기도 여기저기 총알 자국들이 나 있었다.

오파타가 일기 예보를 흉내 내어 "아일랜드는 현재 저기압이오."라고 말했다.

그리고 덧붙였다.

"당신 가방을 머리 위로 올리시오. 그게 더 안전하오."

우리가 탄 포드가 초록색, 흰색, 노란색의 반란군 깃발이 펄럭이는 어느 아름다운 집 앞에서 멈추었다. 오파타는 잠시 현관을 구석구석 살펴보았다.

"오전 중에는 별다른 피해가 없었군. 현관문 위쪽에 105발, 하지만 이 그루지야 석재는 아주 탁월한 소재요. 탄알이 구멍은 내지만 대체로 파손하지는 못하더군요. 더블린은 회의적인 도시지만 유쾌하기도 하오. 그런 도시에서는 절대로 아무 일도 일어나지 않지. 파리를 보시오."

오파타는 모자를 벤치에 던지고 아주 빠른 속도로 걷기 시작했다. 나는 그를 열심히 쫓아갔다. 그가 문을 열어젖히고 소리쳤다. "식당!" 그리고 앞으로 돌진했다. "브레이크퍼스트 룸." 그는 벌써 앞서 저만치 멀어져 있었다. 마치 추방 명령이 떨어져서 한 시간 안에 서둘러 집을 세놓아야 하는 사람 같았다.

"살롱! 검은색 바탕에 그린 내 초상화요, 오르펜이 5년 전에 그렸소. 당시에는 아직 영국 장군들의 초상화를 그리지 않았을 때요. 침실! 에츠가 그린 내 초상화. 창가에 있는 것은 레이버리[20]가 그린 나의 초상화. 짧은 구레나룻을 달고, 세상에서 가장 예쁜 여자를 데리고 불로뉴 섹스 파티에 간 교사와 비슷해 보여 봤자 소용이 없소. 정말 놀라운 재능이오! 이쪽은 맥마너스[21]의 이니시키 섬 풍경이오. 저기 흰색 바탕에(그가 갑자기 그림을 가리켰다.) 있는 세 번째 섬이 바로 내가 태어난 곳이지."

그의 무게에 눌려 계단들이 자비를 구하기라도 하듯 고통스럽게 삐걱댔다.

연달아 문들이 나타났다. 작은 계단을 오르니 아틀리에였다. 거기서는 집안 전체가 내려다보였다. 우스꽝스러운 규방 같았다. 방에는 대리석 기단에 은으로 만든 앵무새 횃대 몇 개, 각종 모형들, 흑백 마름모 문양의 모피가 깔려 있는 휴식용 침대가 있었다. 침대 위에는 15세 정도 된 군인 두 명이 배를 깔고 엎드려 있었다. 창문에는 그들이 걸쳐 둔 기관총 탄약통이 있었고, 뒤로 튕겨 나온 빈 탄피들이 방 여기저기 사방에 흩어져 있었다. 하지만 오파타는 전혀 개의치 않았다.

20 John Lavery(1865~1941). 아일랜드 화가

21 Henry Mac Manus(1810~1878). 아일랜드의 화가

그는 금줄이 장식된 버찌색 벨벳 소파에 앉았다.

"오거스트 존[22]이 그린 내 초상화요. 술로 그렸소. 내가 말하고 싶은 것은 그것이 인광(燐光)이지만, 전혀 무게감이 없다는 것이오. 반박할 여지는 없지만 그런데도 삼종 기도를 알리는 종소리처럼 부드럽소. 이 초상화가 그려진 1914년에 나는 「꿈의 귀환」을 쓰고 있었소. 그것이 내 표정에 나타나 있소. 「꿈의 귀환」을 아시오? 내 것들 중에서 수작에 속하오. 다른 작품에서는 도무지 찾아볼 수 없는 기량이 그 작품에서는 제대로 발휘되었소."

그는 화려하게 제본된, 채색 양피지에 쓴 책을 한 권 집어 들더니 펼쳐서 읽기 시작했다.

깨어 있는 강한 자들이여,
이 시국의 한가운데를 가로질러 누운 채
천사의 방문을 맞이할 채비를 한……

총알이 지붕 위를 스쳐 지나가거나 요란한 소리를 내며 벽에 박힐 때마다, 휘익 휙 바람 소리가 났다. 참호에 있는 박격포에서는 정원을 향해 포가 발사되었다.

"테니스장은 안 돼!" 오파타가 소리쳤다. 그리고 양손을 메가폰처럼 입에 갖다 대고는 "테—니—스—장—은—안—돼! 그 구멍들 당신네가 막을 거야?"

갑자기 화가 난 그는 발로 빈 탄피들을 가구들 밑으로 밀어 넣으면서 어린 군인들을 향해 소리쳤다.

22 Augustus John(1878~1961). 웨일스 출신 화가

"자네들! 짐들 좀 정리하고 저 더러운 탄약통도 치우게! 책을 계속 읽을 수가 없어, 이젠 말소리도 들리지 않고."

"이 그림은 누구의 것인가요?" 「마리의 추억」이라는 제목이 붙은, 회색과 장밋빛 그리고 검은색이 어우러진, 묘한 매력의 세련된 정물화 앞에 멈춰 서며, 내가 갑자기 물었다. 그림은 여인이 언젠가는 남기게 될 모든 것을 표현하고 있었다. 죽은 뱀처럼 널려 있는 긴 장갑, 육체가 빠져나간 드레스, 죽은 새가 달린 모자, 그림 안쪽의 타원형 거울 속에 비치는 버려진 밀랍 인형, 잃어버린 사랑. 이런 것들을 이토록 달콤하고 부드러운 색조로 표현하다니, 그림이 너무도 침울해요. 선생님을 무척 슬프게 했겠군요."

"니콜슨[23]이 그렸소. 제목은 「마리의 추억」이오. 하지만 (당신도 짐작했겠지만) 위르쉴의 추억이라 해야겠지."

나는 잠자코 있었다.

"그녀를 기억하오?" 그가 내 눈을 찌를 듯이 똑바로 바라보며 물었다.

나는 그렇다는 동작을 해 보였다. 나도 친구로서 그에게 단도직입으로 물었다.

"그녀는 이제 선생님 곁에 없습니까?"

평소에는 변화무쌍하던 그의 표정이 굳더니, 극심한 심적 압박에 저항이라도 하듯이 눈이 압력계처럼 흔들렸다. 손에서는 이상한 경련이 일었다.

"그렇소. 크럼이 죽고 나서."

"크럼이 죽었다고요?"

23 William Nicholson(1872~1949). 영국의 화가

"성모 마리아가 그의 영혼을 거두어 가셨소! 그가 1916년에 제대 조치를 받고 전선에서 돌아왔을 때 내가 그를 받아들였소. 원고 정리 일을 맡겼지. 그는 즉흥적이고 모험을 즐기는 사람이었소."

"……미남이었고." 내가 덧붙였다.

오파타가 눈살을 찌푸리면서 말했다. "……특별히 잘생긴 건 아니고, 매우 단순하고 늘 한결같고 별로 인위적이지 않아서, 주변의 모든 것을 정화하는 사람이었소. 당신은 내가 그에게 일종의 부성애를 느끼는 걸 알았을 거요."

잠시 동안 그는 얼굴이 매우 붉어지더니 감정을 표현하는데 어려움을 느끼는 것 같았다. 그가 다시 말을 이었다.

"이곳 사람들이 흔히 하는 말로, 고통은 다리가 긴 법이오. 아니오…… 나는 옛 혼령들이 다시 내 눈앞에 나타난다 해도 무섭지 않소. 그러니 오늘 당신에게 그 이야기를 좀 하고 싶구려. 당신도 알다시피 크럼이 내 옆에 있는 것을 위르쉴은 못마땅해했소. 사실상 미워했지. 그녀가 나를 사랑하기 때문이 아니었소. 하지만 그녀는 그가 나를 고립하고 내 관심을 딴데로 돌린다고 생각했소. 그녀는 그가 내게 익명으로 편지를 보내 내 재산을 훔치고 나를 파멸시킬 거라고 말했소. 그녀는 그를 비쩍 마른 오달리스크라고 불렀소. 이 모든 상황이 끔찍한 불행으로 끝날 거라고 예고하면서……

마침내 그 일이 일어났소. 크럼이 사제가 아니고, 1915년에 랭커셔 군대를 탈영한 탈주병이라는 사실을 그녀가 어떻게 알아냈는지는 모르겠소. 성탄절에 우리가 런던으로 돌아오자마자 그녀는 그를 영국 당국에 고발했소. 내가 백방으로 손을 써 보았지만, 6년간 강제 노역을 마치고 난 크럼은 시간을 벌려고 하지 않았소. 올더숏[24]으로 이감해야 했던 날 아침 그는 감방에서 목을 맨 채 발견되었소."

오파타는 래커 상자에서 납 용기로 잘 포장된 꾸러미 하나를 꺼냈다. 그가 덤덤하게 말했다.

"이게 그의 심장이오. 죽음이 삶보다 단단하게 우리를 묶어 주었소. 사람들은, 우리 아일랜드인들을 두고 경박하고 소란스럽고 통제가 불가능한 사람들이라고 말하지. 격정 때문에 학살당한 것도 사실이오."

오파타는 탁자에서 두루마리 종이를 집어 들더니 그것을 펼쳤다.

"내가 직접 내 묘비의 도면을 그려 보았소. 네 개의 단 위에 또 네 개의 단이 있소. 크럼은 정원 안쪽에 골웨이의 화강암 속에서 조상들처럼 선 채로 잠들 것이오. 이보오, 프랑스인 친구, 생색 내지 말고, 당신네 나라 사람들이 그러듯이 은혜를 베풀어 내게 뭔가 영원히 남을 일을 해 주어야겠소."

"그럼…… 위르쉴은?"

"내가 내쫓아 버렸소. 아일랜드는 세계에서 뱀이 없는 유일한 나라이기 때문이오. 회한이 내게 그녀를 내쫓을 힘을 주었소. 그녀 때문에 내가 야곱의 사다리를 끝까지 올라간 셈이었소. 그녀는 복권 추첨용 회전 원반처럼 변화무쌍한 여자요. 1717년 연합법 이후로 아일랜드가 영국과 멀어졌듯이, 나는 그녀와 멀어진 것 같소. 이제는 그 여자를 생각하면 공포심마저 드오……"

"그렇지만 지금도 여전히 생각하잖습니까?"

24 영국군 훈련 기지가 있는 잉글랜드 남부 도시

"맞소. 원고지의 여백에 그녀의 모습을 그리기도 하고, 그녀에 대해 혼자 한 말을 나 자신에게 보내는 편지로 써 두기도 하오. 사람들은 그 여자가 나 몰래 내게 약을 먹였다고 말하기도 했소. 전혀 믿지 않지만, 그녀 옆에 있으면 내가 다시 활력을 얻고 원기를 회복할 수 있던 게 사실이오. 이후로는 그 힘들이 내게서 없어진 것도. 이제 나는 제단에 바친 제물처럼 아무것도 생산하지 못하고 허공을 맴돌고 있소."

"선생님은 하나님만큼, 월터 스콧만큼 유명하지 않나요?"

"그건 분명하오. 논란의 여지가 없지. 그 무엇도 내가 나 자신의 가치에 대해 갖는 자부심을 없애지는 못할 거요. 나의 명성이 이보다 높았던 적은 없소. 하지만 이보다 불행한 적도 없었소."

"그래서요?"

"나는 너무도 타락했소. 그녀를 사랑하오."

깨진 유리창들 너머로 잔디밭에 무리진 자전거들이 보였다. 그 뒤에서 나들이옷을 차려입은 남자들이 참호를 파기 시작했다. 콩을 까는 여인네들처럼 둥글게 둘러앉은 여인들은 수류탄을 제조하고 있었다. 캐미솔 차림에 깃털 달린 낡은 벨벳 모자를 쓴 채 입에 점토 파이프를 문 소녀들은 걷어 올린 치마에 수류탄을 담아서 철모를 쓴 수도사들에게 가져다주었다. 수도사들은 쌓아 놓은 모래주머니들 뒤의 가두 판매점에 그것들을 가지런히 정렬해 놓았다.

전투에도 불구하고, 봄은 충실하게, 사람들의 기대를 저버리지 않고 할 일을 모두 하고 있었다. 건물이 무너지고 거리가 파손될 때마다 덩굴장미 꽃잎들이 떨어져 내렸다. 오파타가 말했다.

"빼꾸기 소리를 들어 보시오. 하나, 둘, 셋, 넷, 열…… 열다섯…… 아직 겪을 일이 많은 사람도 있소. 당신도 아마?"

*

석 달 뒤에 베네치아에서 나는 오파타를 다시 만났다.

그는 인구가 많은 한 동네에서, 가구 딸린 방에 머물고 있었다. 그는 당구를 치거나 사브르 펜싱 경기를 하러 카라멜라 아카데미에 가는 경우를 제외하고는, 거의 외출을 하지 않았다. 나머지 시간은 누워서 자서전을 쓰며 보냈다. 전깃줄에 널어 놓은 위층의 세탁물이 그의 방 창문까지 길게 늘어뜨려져 있었고, 그 셔츠 자락과 바짓가랑이에 가려 도시와 사람들이 잘 보이지 않았다. 그 역시 보려고 하지도 않았다.

침대 속에서 푸른 양모로 된 낡은 세일러복 메리야스를 입은 그는 마치 주교의 발에 짓밟히는 데 싫증이 난 고딕 성당에 그려진 용 같았다. 그는 쉬지 않고 담배를 피워 댔고, 그의 손가락은 요오드 물이 든 것 같았다.

"얼굴 살가죽 아래로 이미 미래의 내 해골을 느끼고 있소." 그가 말했다.

나는 그가 이렇게 우울해하는 것을 보고 좀 불안했다. 그가 안쓰럽기도 하고 또 그가 터무니없는 말을 하곤 해서 나는 매일 그를 방문했다. 그러나 내가 그에게 관심을 가지려 애쓰는 기미가 보이자, 그는 몹시 불쾌해하면서 갑오징어마냥 검은색 잉크를 쏟아 버리고 몸을 숨겼다. 종종 그는 마치 내가 그 자리에 없는 것처럼 다시 펜을 들었다. 나는 그가 소리 높여 자기 생각을 말해 줄 때까지 기다렸다.

"일생 동안 나는 일을 해 왔소. 미사에 참석한 뒤에는 은행에 가는 것처럼 나의 시에 매달렸소. 나는 세상이 온갖 상징들과 함께 흘러가는 것을 지켜보았고, 그 상징들을 내 몸에 걸쳤소. 그것들을 남김없이 끌어다 썼소. 발견하기만 하면 그것을 낚아채어 내 것으로 삼았지요. 원시인들처럼, 앞 세대가 그린 그림을 자기 그림으로 뒤덮어 버렸던 동굴의 예술가들처럼, 영웅들의 입에서, 꽃의 목록에서, 심지어는 다른 사람들의 글에서도. 사람들이 내 것을 훔쳐 가는 일은 없었소. 그들이 정직해서?

30년 전부터는 내가 마호메트의 후계자 칼리프처럼 단어들을 지배하고 있다고 말해도 무방할 것이오. 어떤 단어들은 처형하고 그 단어가 가진 재산을 몰수했소. 또 어떤 단어들은 내 필력으로 더욱 풍요롭게 만들기도 했소……

나는 낭만 시인은 아니오. 그렇지만 어떤 유혹에도 저항했던 적은 없소. 동시에 나 자신에게 매우 엄격했던 것도 사실이오. 그러나 나는 인간의 존엄성에 대해서는 믿어야 할 것만 믿소……

오늘날 내 덕분에 작가들은 모든 것을 할 수 있게 되었소. 야만스러운 짓이든 유치한 짓이든……

나는 나의 유일한 최고의 미덕을 알고 있소. 그것은 자존심이오. 사실 그것은 회복할 수 있는 게 아니오. 내가 하나님 다음으로 가장 경멸하는 것은 노동자 계급과 자선 기구요……"

그는 큰 소리로 성호를 그었다.

"나는 고통스러운 최후가 두렵소. 그것은 내 생명 본능의 오류요. 여자들처럼, 자식을 낳는 모든 존재들처럼."

나는 이런 고백, 이 촌스럽고 진부한 표현을 내가 어떻게 생각하는지 감히 그에게 말하지 못했다. 그 역시 내 의견을 묻지 않았다. 현재 더블린에는 두꺼운 두 권의 책이 봉인되어 있다. 물론 그 두 권이 그의 작품들 중에서 내가 가장 좋아하는 것은 아니다. 하지만 그가 글을 써서 생계를 유지해 온 것은 명백한 사실이다. 그는 후세를 생각하면서 비인칭적인 저 칙령 같은 글들을 끊임없이 써 댔다. 이른바 아 라 콜롱브, 이탈리아 종이로 만든 페이지들의 상단까지 삭제나 수정도 없이 현학적인 작은 필체로 빼곡히 채우고는, 그 종이들이 침대 주변 소시지 문양 바닥 타일 위로 떨어지게 내버려 두었다. 그가 단어들을 열거하기를 멈추자마자, 이내 어두워졌다. 그는 날이 어두워졌음을 알아차렸을 것이다.

"신이시여, 내가 절대로 휴식을 구하지 못하게 하소서." 그가 말했다.

요컨대 그의 마음 깊숙한 곳에서 무엇인가가 삶에 질려 가고 있었다. 하지만 그런 한편 또 무엇인가는 끈질기게 삶에 집착했다……

그는 예전에는 아니 최근까지도 측근들에 대해 말을 하는 법이 없었다. 솔직히 말해서 그는 틀림없이 그들을 매우 싫어했다.

"새로운 저명인사들을 만나는 것은 불가능하오. 옛 인사들도 마찬가지요. 당신이 유일한 예외요. 당신 주변은 늘 고요하오. 그리고 당신은 내가 만나 본 프랑스인들 중에서 아일랜드인들에게 '당신네 영국인들은……'이라고 말하지 않은 첫 프랑스인이오."

그는 체력이 완전히 고갈되곤 했고, 불면으로 고통스러워하는 일도 자주 있었다. 기이하게도 그는 자기를 가장 괴롭히는 것은 더 이상 고통을 느낄 수 없다는 사실이라고 주장했다. 그는 이 전반적인 무력증의 결과를 상세히 기록해 두곤 했다.

"이제는 예전처럼 그 무엇에 대해서건 감동을 느끼지 못하오. 내가 점점 나 자신으로부터 멀어지고 있소. 더 이상 내가 사물들을 만지는 것 같지가 않소. 내 대신 다른 누군가가 만지고 있는 것 같소."

낮에 그는 알제리의 빛처럼 저속하고 고약한 빛을 가진 베네치아가 역겹다고 느꼈다. "이 달걀 썩은 냄새, 도처에 흘러넘치는 물……"

그런데 그는 왜 거기서 살고 있었을까?

간혹 밤의 신비로운 부드러움이 그를 누그러뜨리곤 했다.

"결국 이 어둠 뒤에는 아무것도 없소. 어둠은 자기 죽음에 대한 애도를 품고 있소." 그가 말했다.

그가 혹시 누구라도 자기를 알아볼까 두려워했기 때문에, 우리는 베네치아 행정 관저의 카페와 세인트마르크 광장, 호텔들이 몰려 있는 동네를 피해 좁은 골목길로 내려왔다.

적당한 거리를 두고 두 명의 탐정이 우리를 따라왔다. 한 사람은 공산당 소속이고 다른 사람은 파시스트당 소속이었다. 이들은 매우 특이한 방식으로 살고 있는 이 중요한 인물에게 늘 딱 붙어 있었다.

오파타의 화술이 과거에 내가 익히 보았던 강렬한 광채를 띠는 경우는 드물었다. 어깨에 외투를 걸치고 손은 주머니에 꽂은 채 미간에 오메가 모양 주름이 생기도록 코를 찌푸리며 오파타는 지치지도 않고 나에게 자신의 재산 현황을 늘어놓았다. 호화롭게 때로는 가난하게 살면서 그것을 둘 다 똑같이 조롱했기 때문에 좀 뜻밖이었다. 어떤 날에는 잔뜩 불안감에 사로잡힌 채 과거를 끊임없이 파헤치다가 그가 도리를 저버렸던 아주 사소한 행동들을 찾아내어, 세세한 논거를 들어가며 그런 행동들에 변명의 여지가 없음을 설득하려 애썼다.

역전에서 함께 산책을 했던 어느 밤에는 이런 말도 했다.

"내가 몇 해 전에 바로 이곳에서 일어났던 사건을 당신에게 말하지 않았던가? 당시 나는 살루테 성당 근처 산의 조르지오 수도원에 머물고 있었소. 그곳에서 꽤 안락한 방을 빌려 쓸 수 있었소. 매일 아침 나는 내 문 앞에 놓인 꽃들을 발견했소. 내 장화에까지. 그러던 어느 날 맞은편 호텔에서 누군가가 운하 너머로 내게 신호를 보내왔소. 밴쿠버에서 가장 예쁜 아가씨였소.(나는 그것을 알고 있소, 거기서 몇 달째 살았으니.) 열다섯 살이나 되었을까. 그녀는 나를 사랑했소. 그녀는 거의 숨도 돌리지 않고 내가 쓴 300편의 시를 암송했소. 부모님의 집으로 돌아가기를 원하지 않았고, 수도원 계단까지 와서 내가 그녀와 함께 살겠다고 동의할 때까지 거기 앉아 있곤 했소.

얼마나 낯설고도 달콤한 느낌이었겠소. 나는 이미 그때 백발이 된 내 머리카락을 그녀에게 보여 주고 관자놀이를 내밀었소. 순수하고 단호했던 그녀는 거기에 입을 맞추었소. 난 물러났지. 그런데 그녀는 멀리 떨어져 나를 따라오면서 너무나 슬픈 시선을 내게로 보냈고, 나는 결국 돌아서고 말았소. 그녀는 말했소. '당신을 결코 잊지 못할 거예요.'

나는 감동받았소. 내 안에서 더욱 고결한 무엇인가가 그 피조물을 향해 솟아올랐소.(오파타는 '피조물'이라는 단어를 좋아한 나머지 다소 과장되게 발음하곤 했다.) 그녀는 경박하지 않게 또 불안해하지도 않으면서 나의 능력을 믿고 내게로 왔소. 한순간도 이 훌륭한 열매를 맛보아야겠다는 생각은 들지 않았소. 지금도 나는 전혀 후회가 없소. 하지만 운명이 나를 어떻게 속였는지 한번 보시오.

'당신 또래의 남자와 사랑을 나누시오.' 나는 그녀에게 거듭 말했소.

여자들은 언제나 특히 어린 여자들은 앞으로 이룰 성공이 아니라 이미 이루어진 성공에 집착하는 매우 이상한 방식을 가지고 있소.

그리하여 나는 그녀의 마음을 진정하는 데 성공했소. 그녀는 결국 내 말을 따랐소. 그녀가 얼마나 격정적으로 나를 사랑했는지에는 오래지 않아 그녀 자신도 놀라워했소.

'당신은 정말 나를 울렸어요.'

그제야 그녀는 웃었소. 그리고 치유가 되었소. 우리는 친구가 되었지. 노인이었던 나와 그 생기발랄한 젊은 아가씨는 함께 말을 타고 바닷가를 달려 말라모코까지 가곤 했소. 나의 60번째 겨울이 아드리아 해에서 뜨겁게 달아올랐소. 얼마나 감미로운 평온이었던지! 아버지를 대하듯이 로자는 나를 배려해 주었소……

나는 브리티시콜롬비아의 목재상인 그녀의 부모님과도 알게 되었소. 그들도 나를 곧 가족처럼 대해 주었소. 나는 호텔에서 매 식사를 그들과 함께했소.

로자에게는 여동생이 한 명 있었소…… (이보게 친구, 내 말을 잘 듣고, 우리가 진정 탈선했다고 볼 수 있는지 말해 주시오.) 이틀 만에, 조금의 망설임도 없이, 그녀의 여동생…… 그녀는 열세 살이었소…… 나는 그녀와 육체관계를 맺었소."

………………………………………………………………

오파타에게 이런 추억은 드문 것이 아니었다. 그는 무덤덤하게, 아니 아마도 속죄하는 마음으로, 그 추억들을 회상했다. 그는 그런 일이 가능하게 된 세대들에게 별로 존경심이 없다는 말을 하기 위해, 우리 시대 전체를 비난하기 위해 그 추억들을 이용했다.

곧 그는 더 이상 몸을 일으키지 않고 얼굴은 벽을 향한 채 가만히 누워 탁자로 손을 뻗을 수도 없다는 듯이 더는 아무것도 하려 들지 않았다. 그는 모든 것에서 사람의 살 냄새가 난다며 음식을 거부했다. 술에 취하는 것도 그만두었다.

나는 그에게 책을 읽어 주었다. 그가 가장 좋아한 책은 『사물의 본성에 관하여』와 『20년 후에』였다.

저녁이 되면 살랑거리는 바람을 먹고 부풀려진 잘 마른 셔츠들 위로 어둠이 내렸다. 셔츠들이 나부끼는 거리는 청결에 경의를 표하며 희색이 만연했다. 주택들 사이로 좁은 하늘이 길게 이어진 것이 보였다. 베네치아의 꽃병처럼 생긴 굴뚝에서는 나무 같은 연기들이 뿜어져 나와 하늘을 에워쌌다. 태양이 정면 유리창을 강타했고, 이 첫 타격에 당황한 햇빛이 그 여파로 시인의 철제 침대 위로 무너져 내렸다.

나라면 쓸데없는 일에 시간을 낭비하는 여자들이 거리를 쏘다니는 모습을 바라보는 게 더 좋았을 텐데, 오파타는 내가 책을 읽어 주는 동안 고개를 끄덕여 가며 주의 깊게 들었다.

"……샤티용 씨.(아라미스가 이 순간을 위해 남겨 두었던 두 번째 권총을 권총집에서 꺼내며 말했다.) 내 생각에 당신의 권총이 발사되면……"

"당신은 끝장이오." 오파타가 문장을 마무리 지었다.

*

아침 시간은 매우 감미로웠다. 살짝살짝 원피스 자락을 들치며 시원한 바람이 뜨거운 열기를 가로질러 지나갔다. 수탉들이 울어 댔다. 아무도 그 무엇에도 이의를 제기하지 않았다. 정원에서는 전지용 가위로 오렌지나무의 가지들을 쳐 내는 소리가 들렸다. 또 멀리서 클랙슨이 들려왔다. 프랑스 리비에라 해안에서 하루를 보내려고 길을 나선 자동차들이었다. 키오스크 안에서 음이 맞지 않는 보병들의 음악 소리가 들렸다. 11시였다. 시리도록 푸른 쪽빛 창공의 공기 중에 머물러 있는, 창조되지 않고 원래 존재하는 모든 멜로디에서 일탈한 빈약한 음들. 동방 정교회의 둥근 지붕들, 감리교회 종탑의 청석돌, 장로교 예배당의 골함석들이 반짝이는 모습이 보였고, 바다와 태양을 마주하고 황토색 호텔들이 쭉 들어서 있는 낡은 동네, 흰색 호텔들이 늘어선 새 동네가 눈에 들어왔다.

황폐한 이탈리아 리비에라 해안. 과거의 피한객들이 사라진 프랑스 해변에서는 최소한 꽃들이라도 저들의 존재를 알리고 있었지만, 이곳 이탈리아 해변에는 독일의 관능과 러시아의 사치에 대한 기억만이 변화들의 심연 밑바닥에 부서진 채 매장되어 있었다. 유령들, 게시판들. 완전 처분. 빌라 다 벤데레(토지 포함). 몇몇 스위스 출신 상인 가족들만 죽지 않으려고 기를 쓰고 있었다. 화물을 싣지 못하는 선박처럼 파산한 호텔들이 층별로 따로 팔리고 객실별로 해체되었다. 또한 석고상에 난 구멍으로 보석 장식이 반짝거리는 드레스들을 볼 수 있던 카지노.

니스에서 나는 방금 오파타가 자신이 묵고 있던 포르토피

노쿨름 근처 제누아 해변에서 쓰러졌다는 소식을 들었다. 그는 매우 건장했으므로, 처음에 나는 매우 놀랐다. 그다음에는 아메리카에서부터 나를 불안하게 했던 몇 가지 조짐들이 떠올랐다. 과도한 욕설, 무분별한 구매, 강박증들, 과장된 악수, 헛디디던 발. 더블린에서 그를 방문했을 때도 점점 더 거들먹거리며 과장하던 이상한 혼잣말들, 마지막으로 지난가을 베네치아에서 의기소침하고 우울해 보이던 모습……

병이 상당히 진전된 상태였기 때문에 신문들도 그의 건강 상태에 대해 더 이상 보도를 하지 않고 있었다.

나는 별장인 로돌라까지 올라갔다. 온통 새하얀 별장은 너무 희어서 눈을 찌르는 듯했다. 힘겹게 올라가니 좁고 가파르던 길이 차츰 낮아졌다. 타일이 깔린 테라스가 담벼락에 장밋빛 그림자를 드리웠고, 거기에는 블랙홀 같은 침실의 검은 창들이 게걸스럽게 박혀 있었다. 모기장 뒤로 보이는 순진한 신부들 같았다. 살롱의 의자들 위에는 사냥하는 장면이 수놓인 태피스트리가 놓여 있었다. 나는 사냥의 마지막 장면 위에 앉았다. 째깍째깍 시간이 물방울처럼 방울져 떨어졌다. 대나무와 유리구슬을 꿰어 만든 커튼에는 접시꽃들이 그려져 있었다. 갑자기 그 접시꽃들 중 하나가 열렸다.

알아볼 수 없을 정도는 아니었지만, 오파타는 염소처럼 변해 있었다. 이제는 염색을 하지 않았고 턱 아래로는 수염이 숭숭 자라 있었다. 반신불수가 되면서 그의 입과 말이 두 동강 나 버렸기 때문에, 그는 염소 울음 같은 소리를 냈다. 그의 머리카락도 신발도 흰색이었다. 그의 본래 모습은 많이 없어졌고, 규칙적으로 몸을 떨어서 마치 물고기가 팔딱거리는 것 같았다. 그가 바지 단추를 채우면서 들어왔다. 그러고는 투덜거렸다.

"한바탕 폭풍우가 휘몰아쳤소. 숲은 난장판이오, 의사와 약이 아무 효능을 발휘할 수 없는 상황에 처하는 것보다 끔찍한 게 뭐가 있겠소. 여보게, 친구, 나는 쇠약해졌소…… 이곳은 지금 내 고향의 초가집에서 돼지가 죽었을 때처럼 슬프오. 아침에 먹는 약간의 샴페인이 기운을 차리게 해 주는 데 도움이 되지."

그는 손잡이 달린 에스파냐식 창문의 문고리에 걸어 두었던 화재용 양동이에 헝겊으로 싸둔 샴페인을 가져오게 했다.

나는 그에게 그가 쓴 시를 낭송해 주었다. 그 시를 그가 좋아했다.

숲에 긴 그림자를 드리운 떡갈나무는
훨씬 더 높은 그림자가 제 위로 내려오는 것을 보았다.

그의 표정이 어두워졌다.

"내 건강에 대한 암시요? 누가 당신에게 그런 말을 했소? 약간의 류머티즘이 전부요. 혈압은 아주 좋소. 파숑[25] 방식으로 13~18 정도. 게다가 지금 나는 여행 중이오, (쉿!) 신혼여행…… 위층에 누가 살고 있는지 당신은 짐작할 거요, 그렇지 않소? 위르쉘이오. 난 이미 그녀를 잊고 있었소. 그런데 그녀는 나 없이 살 수가 없었던 모양이오."

병은 그를 많이 바꾸어 놓았다. 난폭함도 기세등등함도 침묵까지 모두 예전 같지 않았다. 기차 등받이에 씌워 둔 베개

25 Victor Pachon(1867~1938). 오실로미터로 혈압 측정하는 기구를 발명한 인물

빛깔(종착역의 도착 지점에 이르러 플랫폼으로 집어던지는 그때의 베개 색깔) 같은 그의 안색에 나는 덜컥 겁이 났다. 침팬지처럼 털이 난 종려나무 줄기 하나가 서로 뒤엉킨 채 열려 있는 창문으로 뻗쳐 들어왔다. 거기에는 그곳 현지 토종 열매인 양 온도계가 하나 매달려 있었다. 줄무늬 같아 보이는 종려나무 잎들의 그림자가 오파타의 이마에 생선 가시 모양의 선을 그렸다. 때가 찌든 그의 크림색 캐시미어 양복에도.

그는 나를 작업실로 안내했다. 이름 모를 꽃들, 전보들, 열렬한 그의 신도들이 그가 쉽게 알아볼 수 있도록 대문자로 써서 보낸 편지들, 장미에 그의 이름을 붙이도록 허락해 달라는 정원사의 청원서 등 작업실은 여전했다.

"내가 여기 온 뒤로 우체국 직원을 두 배로 늘려야 했을 거요."

다리에 못을 박아 매달아 둔 바다표범 가죽, 구레나룻을 기른 신관 같은 아일랜드 독립 영웅들의 흉상, 기념 메달들, 유리 덮개 아래 초록 에나멜로 만든 종려나무 잎들, 그리고 해외 식민지의 본국계 주민들이 그에게 바친, 수많은 흉갑을 찍은 사진들이 장식한 그 길쭉한 방은 내게 편안하지 않았다.

열려 있는 베란다를 거만한 풍경이 꽉 채웠다. 구름은 산 중턱에 머물며 강과 바다를 온전히 태양에게 내주었다. 해안 절벽은 이 열기에 가까워짐에 따라, 열기를 잡아 줄 삼나무, 이리저리 휘어진 선인장, 구불구불한 길에도 불구하고 진열창의 아이스크림처럼 늘어졌다.

오파타가 경사면을 가리키며 말했다.

"나는 이제 천식(정말 천식이었을까?) 때문에 저 위로 올라가 지진이 나도 끄떡없을 하얀 오두막집에서 패랭이꽃을 키우는(양 갈래로 땋은 머리가 어깨까지 내려온 어린 소녀는 정말 착하오.) 저 사랑스러운 소녀들에게 인사를 건넬 수도 없소. 그건 그렇고 내 단언컨대 나의 건강 상태는 놀라울 정도로 좋소. 어린애만큼. 하지만 사람들이 그걸 믿어 주질 않아. 우리나라에는 꽃과 요정이 서로 말을 주고받던 시절을 그리워하는 매우 유순한 사람들이 있소. 하지만 바로 그 사람이 경찰관을 암살하고 100리브르를 받기도 하지. 나를 이젠 퇴역한 해군 정도로 취급해서는 안 되오. 나는 한 번 더 세상을 놀라게 할 것이오."

나는 그가 선 채로 글을 쓰는 작은 책상을 자세히 살펴보았다. 바닥에는 거위 깃털 펜과 나래새로 만든 종이들이 잔뜩 널려 있었다. 그가 군데군데 카페인 얼룩이 진 엉덩이를 문지르며 자리에 앉았다.

"지금 한창 집필 중이오. 제목은 「오렌모어의 탐색」. 6개의 시편으로 된 연작시요. 한번 확인해 보시오. 삭제하거나 정정한 곳은 한 군데도 없소. 늙은이의 사고의 특권이 아니겠소? 내 원고를 보시오. 나는 내가 대상으로 삼는 독자에 따라 서로 다른 세 가지 버전을 동시에 쓰고 있소. 하나는 더블린, 또 하나는 뉴욕, 세 번째는 파리를 염두에 둔 버전이오. 또 영화에는 엄청난 저작권료가 붙소. 나는…… 당신도 아는…… 잿더미 속에서 다시 태어나는 저 전설의 불사조 같다고 할까……"

"불사조라……"

"그렇소. 《시카고 익스프레스》가 섣부르게 내 죽음을 보도했던 날, 나의 자필 원고 값은 2달러 올랐소."

일생 동안 그는 런던에서 자신의 자필 원고가 얼마에 거래되는지 가격 변동 추이를 지켜보고 있었다. 유명 인사에게는 각각 가격이 매겨져 있는데, 그는 그것이 낮아지면 불안해하고 올라가면 즐거워했다.

"최근 형편이 나빠진 한 부인이 과거에 그녀가 내게서 받았던 연애편지들을 출판해도 괜찮겠는지 편지로 문의했소. 당신한테 말했던가? 내가 거절할 수 있었겠소? 50쇄는 될 거요."

그는 마치 과거의 자기 자신을 흉내 내고 있는 것 같았다. 지금의 흥분은 더 이상 그가 지나가는 곳마다 이목을 집중시켰던 강력한 관능적인 지배력이 아니었다. 그것은 불안해하는, 나약함에서 비롯된 기형적인 내면의 팽창이었다. 베네치아에서 기력을 잃고 매우 쇠약해져 있던 그는 내게 덜 위협적이었다.(나는 이 급격한 변화가, 이런 신체 이상이 저 잔인한 병이 단계적으로 진행되면서 나타나는 것임을 훨씬 뒤에야 알았다.)

"내가 오늘 아침에 쓴 글이오, 당신에게 읽어 주겠소. 그다지 나쁘지 않소. 떠오르는 대로 막 쓴 거요. 나는 절대로 다시 읽는 법이 없소."

그는 손에 원고를 들고 나를 벽 쪽으로 밀었다.

오래된 그것, 동양이여, 너는 부인할 것이다
뜨르르한 권력을 가진 자들의 타고난 자만심을, 연장은
일하지 않는 한가로운 손에서 머뭇거리고,
오직 나쁜 일을 위해서만 복종하고
선택받은 호사, 어두워진 폭풍우
무서워 겁에 질린 장례식……

"ㅇ이 많다는 것을 알아차렸을 것이오. 6개의 시편에서 모든 시가 ㅇ이 들어간 단어로 시작하고 그런 단어로 끝이 나오. 예—사롭지 않은 진정한 묘기지."

그러고는 자기 자신에게 말했다.

"오파타여! 승리한 날 저녁에 고삐에서 풀려난 말들, 티볼리의 팡파르, 그리고 사우스몰에서 첫 연설을 했던 그날 나를 에워쌌던 저 많은 농부들은 언제 다시 돌아올까? 술통에선 기쁨의 불꽃이……"

그때부터, 나는 그가 병을 앓는다는 사실을 납득했다.

그는 나를 정원으로 데리고 가서 장미원과 이중 사이펀 모델의 저수탱크, 경사진 잔디밭에 붉은 조약돌을 가지고 기괴한 글자체로 새긴 그의 이름(그는 이것을 매우 자랑스러워했다.) 등을 하나도 빠트리지 않고 다 보여 주었다. 차고에서는 그의 네이피어가 보였다. 그의 랑도 자동차를 위르쉴이 가졌다는 사실을 알았다. 또한 그들이 이동할 때면 여행용 대형 가방을 실은 트레일러가 그 뒤를 따랐다는 것도. 또한 그가 핀란드 마르카[26]에 투자했다는 것을 알았고, 디나르[27]가 그에게 얼마나 환멸을 남겼는지도 알았다. 오파타가 물었다.

"여기 오래 있을 거요? 48시간? 그렇다면 위르쉴을 만나지는 못할 거요. 그녀는 지금 프랑스에 있는 부모님 댁에 가 있소. 그녀의 짧은 휴가가 나는 달갑소. 그녀는 이제 함께 살기 힘든 사람이 되었소. 그녀는 내 주변을 맴돌며 몇 시간이고 거울을 들여다보고 시간을 축내고 있소…… 나는 거울에 비친 여자보다 생각이 깊은 여자가 훨씬 좋소. 그녀가 내게 어떻게 돌아왔는지 아시오? 나는 크럼이 죽고 그녀가 떠난 뒤 그녀에 대해 아무것도 모르고 있었소. 그러다가 어느 날 더 이상

26 1860년부터 2002년 2월 28일까지 쓰인 핀란드의 통화

27 이라크, 요르단, 쿠웨이트, 튀니지에서 쓰인 화폐 단위

참을 수가 없어서, 매일 아침《타임》의 구인란과 개인 비서 구직란 사이 고민 상담란에 공고를 내었소. 아무 효과가 없었소. 마지막으로 한 가지 묘안을 냈지. '유일한 유증 수혜자 위르쉴'이라고 공고를 냈소. 사흘 뒤《타임》에서 '최종 요구 수락'이라는 글귀를 읽었소.

나는 그녀를 매우 잘 압니다. 그 장사치 같은 태도로 보면 그녀는 영락없는 부르주아요. 돈을 엄청 밝히는 속물이고(그녀의 필체를 기억하시오? 두꺼운 세로획, 둔중한 구두점, 뭉툭한 t의 가로획) 내구성이 엄청난 흙으로 된 심장을 가졌소. 그녀는 머리카락을 다시 나게 해 준다는 둥 약속을 남발하오. 자존심 강하고 뒤죽박죽 모순적인 데다 또 성질은 개 같아서 사람들은 그녀가 독립심이 강하다고 여기지……"

갑자기 그가 멈춰 서더니 의심스러운 눈초리로 나를 주시했다. 그리고 위르쉴에 대한 비판적인 연구의 수위를 낮추었다. 그녀는 꽤 탄탄한 학식을 갖추고 책에도 취미가 있었으며, 속옷도 다려입었다. 그녀의 건강 상태는 별로 좋지 않았고, 보라색 잉크를 사용하여 단조로운 필치로 일기를 썼으며, 한 달에 며칠은 붉은색 잉크를 사용했다. 조각 맞추기(퍼즐) 게임에서는 당해 낼 자가 없었다.(오파타와 같은 상대라면 분명 인내심이 필요했을 것이다.) 신체 불구자들을 능숙하게 다루었고 기악에 대한 취향이 있었고, 친구들과 함께 회개하고 납품업자들을 위해 스스로 십자가를 질 생각뿐이었다 등등.

그가 너무도 간절하게 그녀를 연상시켜서일까, 정말 그녀가 들어왔다.

위르쉴! 그녀는 얼마나 아름다웠는지! 연노란색 큰 모자와 그 아래 물들인 머리! 나는 너무나 감동하여, 그 순간 그녀가 아닌 모든 것이 새롭게 보일 정도였다. 그녀는 그때의 그 입으로 웃고 있었다…… 간혹 아틀리에에서 나오는 그런 모습의 여인들이 있다. 위르쉴은 얼마나 원숙했던지! 그녀는 완전히 그녀 자신이었다. 다른 여자들은 언제나 누군가의 한 조각처럼 보이는데……

나는 오파타의 기억력이 눈에 띄게 감퇴했다는 사실을 알아차렸다. 왜냐하면 그는 내게 애써 위르쉴의 존재를 감추려 했던 것을 잊어버린 듯이 보였고, 그에 대해 아무 해명도 하지 않았기 때문이다. 나는 긴장하고 냉담해져서, 이 아름다운 여인에게 흔히 기분 좋을 때 저절로 입에 올리게 되는 짓궂은 말을 건넬 참이었다.

그녀는 나의 이런 짓궂음을 익히 알았다.

"아주 좋아 보이는군요." 그녀가 내게 말했다.

나는 이 순간을 결코 잊지 못할 것이다. 우리 세 사람이 모두 저 어두컴컴한 사무실에 함께 있었다. 그곳에서는 우리의 잘못과 욕망, 활동 계획들, 반짝거리는 종려나무 잎에 내리꽂히던 비장한 햇살, 갑작스러운 배고픔, 이 모든 것들이 떠돌고 있었다. 무엇보다 우리가 그토록 열광했던 오파타의 강렬하고 매력적인 개성이 급속도로 무너지고 있었다. 파란 나비 한 마리가 베란다를 통해 날아들듯이 전신성 마비가 엄습했다. 이 임박한 그의 붕괴가 우리를, 다시 말해 위르쉴과 나를 자극했다. 마침내 우리는 이제 서로에게 많은 것을 요구할 수 있게 되었음을 느꼈다. 오파타가 자신의 아름다운 인생을 위해 분담시킨 비용을 이제 갚아야 할 시간이 가까웠다는 사실이 우리를 완전히 무장 해제했다.

"그렇게 산 채로 살갗이 벗겨진 사람 같은 표정 짓지 말아요. 오늘 밤 이 지배자를 재우고 난 뒤 카지노에서 당신을 또 만날 것 같은데요. 당신을 다시 만나 정말 기뻐요."

그녀는 분명 모든 것을 해결하는 저 입술로 그에게 거짓말을 했다.

...

나는 아침에 마신 샴페인과 세찬 바람에 완전 녹초가 되어 하루 종일 잠을 잤다. 그 세찬 바람에 삼나무들이 휘어져 땅에 닿았고 온 몸의 신경이 비틀렸고, 입안에서는 모래가 서걱거렸으며 콧속이 완전히 말라 버렸다. 기력이 빠진 나는 침대에 누운 채 오파타를 생각하면서, 천장에 남은 모기들의 핏자국과 날아다니는 파리의 숫자를 헤아렸다. 오파타는 나이나 열정, 고집으로 볼 때 이제는 한물간 사람이었다. 그러나 그의 파란만장한 삶, 몰취향, 모든 것을 이해하는 그의 방식, 아무것도 예측하지 못하는 무능력, 등한시하는 태도(공간을 비웃고 시간을 두려워하지 않는)로 볼 때는 요즘 사람이었다. 그의 활력은 의도된 것이었다. 단단한 근육과 파열된 영혼. 그는 두 번(한 번은 시인으로서 또 한 번은 아일랜드인으로서) 조롱과 불행과 숭고의 운명에 처해졌다. 어쨌든 운동선수들이 하는 말로, 그는 국제적인 클래스에 속하는 사람이었다. 그는 사람들이 요구하든 하지 않든, 끊임없이 역사 속으로 입장할 준비가 되어 있었다.

*

카지노에는 테이블이, 철근콘크리트로 만든 일종의 차고 같은 곳 한가운데에 병든 잔디처럼 놓여 있었다. 아주 멀리서 거울에 둘러싸인 미국식 바가 위용을 과시했다. 쓸 돈도 없는 노름꾼들이 소란을 피워 댔다. 붉은색 벨벳 퀼로트를 입은 하인 하나가 빈병으로 구두 뒤축에 못을 박고 있었다. 동전 하나가 바닥에 떨어져 땡그랑 소리가 들렸다. 하인이 희미한 등을 손에 들고 탁자 아래로 몸을 숙였다. 하지만 누군가 그보다 빨랐다.

위르쉴이 오겠다고 약속을 한 터라 나는 그녀를 기다리지 않았다. 그녀의 첫 약속들이 얼마나 뜨겁게 나를 불태웠던가! 그때 이후 나는 그 불덩어리 위를 맨발로 걸어가는 법을 배웠다.

그녀가 들어왔다. 나는 그녀를 끌고 발코니로 데려갔고 그 바람에 그녀의 드레스가 찢어졌다. 이 행동이 그녀를 매우 흥분시킨 듯했다.

해가 떨어졌다, 생을 마감하듯이.

등불이 하나 켜졌다. 이어 연달아서 만 전체에 불이 켜졌다. 쿠어잘 카지노 앞에서 무기력한 젊은 귀족들이 임대한 피아트를 탄 채 누군가를 기다리고 있었다. 왼쪽으로는 바다와 하늘이 어느 구덩이 속으로 무너져 내렸다. 낡은 수류탄 같은 종려나무들이 흐르듯 늘어선 산책길을 지켜보고 있었다. 가난과 만돌린. 소용돌이치는 국제 정세에서 벗어나고 있음을 느낀 대형 호텔의 관리인들이 삼삼오오 떼를 지어 모여 있었다. 그들이 입고 있는 프록코트의 늘어진 자락이 바닷물에 부뒤쳤다. 하인처럼 성수기에만 근무하는 저 더러운 순찰 순경들이 마침내 사라졌다.

"말해 봐요, 위르쉴, 이번만은 내 사람이 되어 주겠소? 내가 안달하지 않도록 항복할 거요? 아니면 내가 마침내 당신을 생포했던 그날처럼 이 필사적인 도주를 또 시작할 거요?"

"이번만은! 당신들은 모두 평화로운 소유를 갈망하지! 여자는 당신을 위해 요리를 할 때에만 진정으로 당신의 것이에요. 그러니 당신에게 주는 걸 가져요."

"뉴욕에서처럼……"

"뉴욕은 천연자원이 풍부하고 지리적 입지가 뛰어나서 가치가 있소……"

"특히 유럽이 전쟁 중일 때는."

"난 결코 전쟁에 열중한 적이 없어요." 그녀가 말했다.

"지속될 것 같으면 무엇에든 그러잖소……"

"뭐든지 낡아질 때까지 쓰지 마세요. 프랑스에서는 그러지요? 당신과 오파타, 당신들이 그러지 않았더라면…… 난 당신들을 매우 사랑했을 거예요. 사랑에서 의지가 아무 역할도 못 한다면 정말 끔찍한 일이에요! 하지만 언제나 그렇죠."

"위르쉴, 기억해 봐요…… 당신이 내게 '나의 이 못된 생각들을 모두 가지세요. 모두 당신을 향한 것이니까.'라고 내게 편지 썼을 때를."

"딱하기도 하지, 여전히 여자에게 쉽게 속는군요."

나는 그녀에게, 전쟁 이후로 상황이 완전히 달라졌고, 이제 여자들이 서로 얻기 위해 투쟁해야 하는 귀중품이 된 것은 남자들이라고 말하면서 거칠게 반박했다. 그녀는 매우 능수능란했지만, 그녀 역시 급이 좀 높은 애인일 뿐이라고 나는 얼마나 횡설수설하는지 자각하면서 그녀를 모욕했다. 그리고 그녀를 "다정한 사람"이라고 불렀다.

그녀의 커다란 눈이 나를 힐끗 쳐다보았다. 마치 아드리아 해의 돛에 그려진 눈 같았다. 그녀가 말했다.

"자자! 나는 당신이 무섭지 않아요. 나는 싸움을 참 좋아하죠. 어렸을 때 밤마다 아버지와 어머니가 싸우는 소리를 들으려고 다시 일어나곤 했어요. 길에서 큰 소리로 상상도 할 수 없는 욕설을 여자에게 퍼부어 대는 남자를 따라간 적도 있어요. 당신에게 축복……"

나는 쾌활하게 그녀의 말을 중단하기로 결심하고, 애인으로서 말했다.

"당신이 크럼을 밀고해서 체포당하게 했다는 게 사실이오? 당신에겐 희극적인 면이 있다고 할 수 있겠소. 당신이 말한 대로 저 늙은이? 지배자? 그의 상태가 점점 나빠지고 있소? 당신이 아름다운 음악 선율과 함께 그를 땅에 묻어 줄 거요? 내리쬐는 햇빛 속에 추모 연설이 이어지고 발에는 먼지가 자욱하겠지. 그리고 《타임》에 낸 공고였죠? '최종 요구 수락.'이라니. 당신은 정말 희극 배우요!"

그녀의 마음을 얻지 못해서 그의 가슴은 극도로 예민했다.

몇 달 전부터는 이탈리아 환자들이 더 이상 카지노에 머물지 않았는데도 아직도 건물 여기저기에 요오드프롬 냄새가 남아 있었다. 파티가 시들해지고 있었다. 게임하는 사진들이 걸린 벽을 따라 소파들이 놓여 있었다. 노름꾼들은 그 소파에 앉아서 계시가 내리기를 기다리거나, 작가들이 서문에 쓰듯이 자신이 얼마나 운이 없는지 하소연을 늘어놓고 싶어 했다. 갑자기 머리 위로 축축한 카드들이 떨어지면서 쩌렁쩌렁

한 목소리가 들려왔다.

"방코[28]!"

은행권 8000리라가 있었다.

잠옷에 턱시도를 걸친 오파타가 들어왔다. 그는 다가오더니 초록색 양탄자에 대고 "푸른 아일랜드, 국기에 대하여 경례!"라고 외치고는 카드를 집어 들었다. 그러고는 카드를 요구하지도 않고 곧바로 자기 패 두 장을 보여 주었다.

"돈을 내라고? 물론이지." 그가 말했다.

그러고 그는 주머니에서 조약돌을 한 줌 꺼냈다.

저 장밋빛과 푸른빛의 방과, 손거울에 비친 달이 눈에 선하다. 밖에서는 종려나무가 부드러운 방수천 소리를 내며 흔들리고 있었다. 매니큐어. 브래지어로 묶은 원고와 무기명 주식들. 모든 것이 화장실을 거쳐 불후의 명성을 얻었다. 수년 전부터 늘 같은 밤이었던 것 같다. 나는 발끝으로 조심스럽게 걷다가, 위르쉴이 입고 있는 드레스의 술 장식이 유리구슬을 으스러뜨렸다. 우리가 오파타를 그의 집으로 데려온 이후에도 달라진 것은 없었다. 그는 도박장에서 그를 붙잡아 집으로 데려왔을 때의 모습 그대로였다. 그는 투명한 레이스 장식의 침구에 장밋빛 리본으로 장식된 여자 침대에 쓰러져 있었다. 방부 처리한 사체 같은 그의 얼굴에는 강력한 턱뼈와(그는 갈비를 뼈째로, 멜론은 껍질째로, 생선은 가시째로 먹었다.) 기본 골격만 남아 있었다, 남다른 강인함과 냉혹함, 무분별함과 자기애를 비범하게 드러낸 채.

십자가에 매달린 그리스도가 하늘을 향해 팔을 들어 올렸

28 카드 게임에서 혼자서 돈을 걸 때 하는 말

다. 위르쉘이 말했다.

"내일이면 내 얼굴도 지점토처럼 창백해질 거예요."

더블린 비로플레, 1922.

샤를로텐부르크의 밤

니스가 눈에 거슬렸다.

"에곤 V. 슈트라호비츠는 바로 접니다. 내일 아침에나 오실 줄 알았는데. 진심으로 환영합니다. 침대를 하나 준비해 드리지요. 제가 직접 해 드릴 겁니다. 하인이 없어서요. 우리 집 유모는 7시에 잠자리에 듭니다. 선생님이 작은 응접실 소파에서 주무시지 않겠다고 하지 않는 한 말입니다."

초록색과 보라색으로 꾸며진 작은 응접실. 천장에 달린 반투명한 에나멜 등. 표범 가죽들. 중간 높이에 붉은 보라색 비단 커튼이 쳐진 서가.

모닝코트, 바로크 진주, 오랑우탄 같은 귀, 사포지 느낌의 머리, 손에는 내 여행 가방. 그는 지배인처럼 계속 양탄자 한 복판에 남아 있었다.

"내일은 샤를로텐부르크 거리 쪽이 보이는 방을 쓰시면 됩니다. 청소부에게 팁만 좀 주면, 제법 깔끔하고 안락한 방이지요. 요즘은 어디서나, 경찰이나 사교계 여인들, 왕, 심지어 교황까지도 팁을 필요로 한답니다.(관심이 있으시면, 돈에 대한 욕구를 주제로 교회의 역사를 다 훑어 줄 수도 있소만.) 교황청은 언제나, 당신네 파리 변두리 주민들이 좋아하는 호메로스식 이미지를 따르면, 밀이삭처럼 털렸더랬소. 기쁨과 존경을 안겨 주었을 과거의 기름때 묻은 낡은 착한 동전을 떠올리면, 수치스러울 겁니다. 그래도 다행인 것은 그것이 실제로 더 이상 가치가 아니라는 거요. 마침내 더 이상 아무 의미도 없는 기호의 기호에 불과하오. 기분 좋게 다시 떨어지던 반짝이는 분수대는 멈추었소. 라듐 치료도, 캐비어도, 집시도, 물위에서 연주하던 4중주도, 교향악단도, 2월의 아스파라거스도 이젠 없습니다. 예전에는 일을 하고 임금을 받았고, 많은 사람들이 태어났습니다, 그러지 않았소? 이제 아무런 변화도 일어나지를 않소. 아제르바이잔 국경에서 이런 속담을 들은 적이 있소. '장미꽃 장수여, 왜 꽃을 파는지 말해 주오. (돈을 벌기 위해서죠.) 하지만 그 돈으로 살 수 있는 것 중에 장미보다 귀한 것이 뭐가 있소?'(독일 사람이 장미를 언급하는 것을 들이니 약간 겁이 나오? 시인하시오?)"

그가 눈썹으로 모스 부호 메시지를 전달하려는 듯이 눈을 재빨리 깜박거렸다.

"이런 말을 하는 것은 이 악순환을 다른 방식으로 묘사할 필요를 당신에게 설명하기 위해서요. 요즘에는 '은행원, 당신이 왜 돈을 파는지 말해 주시오. (돈을 더 많이 벌기 위해서요.) 하지만 돈으로 살 수 있는 것 중에 도대체 돈보다 비천한 것이 뭐가 있소? 이제 사람들은 아름다운 것들에다 가격밖에 매기지를 않으니 말이오. 돈 때문에 사람들은 습관적으로 서로를 계속 죽이고 있소. 손에 남는 것은 한 줌의 재뿐이라는 사실을 깨닫지 못한 채 말이오. 악랄하오, 하지만 상황이 그렇소."

그는 내 가방을 바닥에 놓더니 그 위에 걸터앉았다.

"2만 마르크의 이 집세가 있는데도 나는 가난하오. 가난하지 않았다면 《로칼 안차이게르》에 이런 광고를 내지도 않았을 겁니다. 프랑스어 강사를 한 명 고용했을 테고, 급여를 지불했을지도 모르죠. 프랑스 사람 한 명을 내가 먹여 살렸겠죠. 그런데 뭐, 내 상황은 이렇소. 어머니인 남작 부인의 몇 푼 안 되는 지원금, 수집에서 나오는 약간의 이득이 전부요. 동원령 해제 이후로 이 도둑놈의 정부에서 나오는 돈은 단 한 푼 없소. (1차 세계 대전이 끝난) 11월 11일에, 참모 본부에서 아르메니아 구역 정보국 참모장이었던 나는 화물차 밴에 타고 있었소. 다시 시민으로 돌아왔을 때 내게는 1만 마르크의 예금도 남아 있지 않았소. 라티보르 씨의 집에 들렀소. 영국 여행 경비를 지불하고 나니 정말 남은 돈이 얼마 없었소. 라티보르는 왕족은 아니고 내 어머니의 종조부인데, 자신의 작위를 파는 한 유대인 결혼상담소에 다니고 있었소. (유대인들이 과거 거주 허가를 받았던 공국의 이름을 자기 성으로 쓸 때, 외국인에게는 간혹 혼동이 있을 수 있소.) 그 라티보르(이름은 에즈라) 덕분에, 지체 높은 사람들이 초로에 접어든 매춘부와 결혼한 뒤 런던에서 정식으로 재혼하고 독일로 되돌아와 이혼하고, 온천 도시를 위해 부인이 작위를 그냥 쓰도록 내버려 둔답니다.(요즘은 이런 거래가 돈이 되지 않소. 백작의 작위에는 150마르크를 지불하오. 남작은 거부하고) 나는 '나를 빌려주거나 팝니다.'라고 쓰인 게시판을 들고 몇날 며칠 거리를 쏘다녔지만, 구매자를 찾지 못했소. 귀족 성을 쓰면서 가난하게 산다는 게 이상한 일은 아니오. 특히 진보를 믿었던 우리 독일인들에게는. 제국의 귀족은 7월 왕정 아래 당신네 프랑스에서처럼 곧 안락함이었소. 러시아인들은 흉내 낼 수 없는 저 치욕스러운 우아함이 우리에게는 영원히 없을 것이므로……

졸리군요. 내 얘기가 지루했나 봅니다. 이렇게 얘기나 늘어놓으려고 선생을 부른 것도 아닌데…… 당신 손은 너무 뜨겁소…… 너무 희고. 손가락 끝은 뭉툭하고. 이건 나쁜 징조인데…… 안녕히 주무시오."

나는 옷을 벗었다. 불을 껐다. 응접실은 더웠다. 누군가 난방을 한 듯 인위적인 열기였다. 아무 매력 없는 이 방의 한구석에서 나는 금세 잠이 들 수밖에 없었다. 보라색 호박단으로 만든 커튼 너머로 같은 종류의 가는 띠 모양 불빛이 발코니에 닿을 듯 깜빡였다.

………………………………………………

눈을 떴다. 시계종이 막 2시를 알렸다. 겨우 깨어난 의식이 먼저 발견한 것은 심하게 진동하는 저 두 번의 종소리였다. 나는 주변에서 처음에는 따로따로, 이어서 은밀히 합쳐지는 미세한 소리들을 느꼈다. 불을 켰다. 잘 정돈된 한가로운 분위기의 방이 눈에 들어왔다. 다시 불을 끄자, 그때부터 손가락으로 유리창을 스치는 것 같은 미끄러지는 소리, 원을 그리며 움직이는 것 같은 소리가 들렸다. 내 주변 아주 가까이에 누군가가 있었다. 가슴이 철렁했다. 더 이상 잠이 문제가 아니었다. 책을 읽으면서 날이 밝기를 기다리기로 작정하고 나는 다시 불을 켰다. 몸을 일으켜 책장으로 다가가 커튼을 걷었다. 책장 대신에 진열창이 있었다. 유리에는 금속 철망이 둘려 있었다. 나는 유리 진열대에 든 골동품들이 무엇인지 식별하려고 애를 썼다. 리본 같기도 하고 밧줄 같기도 하고…… 그런데 그것이 움직였다……

뱀이었다.

불빛에 깨어난 뱀들이 갈라진 혀를 유리에 바짝 붙인 채 눈꺼풀 없는 눈으로 나를 쏘아보고 있었다. 이 독사들이 움직이면서 내 잠을 깨웠던 것이다. 흰 끈을 맨 물뱀들은 둥글게 똬리를 틀고 있었다. 옅은 회색에 짙은 색 점들이 박힌 또 다른 뱀들은 줄무늬 사탕 반죽처럼 도무지 풀 수 없게 한 덩어리로 뒤엉켜 있었다.

온수 배관 장치가 응접실을 둘러싸고, 진열창을 가로질렀다. 다른 커튼도 잡아당겨 보았다. 모직 덮개 아래에는 넓은 노란색 줄무늬가 몸을 뒤덮은 거대한 비단뱀 한 쌍이 얼싸안은 채 미동도 않고 가만히 있었다.

나는 뱀이 조금도 무섭지 않았다. 어깨를 한번 으쓱하고 다시 누웠다.

아침 7시에 집주인이 들어왔다. 그는 터키식 드레스를 입고, 고무바퀴같이 생긴 테를 끼운 큼지막한 둥근 안경을 쓰고 있었다. 투명한 안경 유리알 뒤의 몽상적이면서 친절한 시선이 당황하는 듯이 보였다. 스트라흐비츠는 손에 달걀을 몇 개 들고 마분지 상자 하나를 옆구리에 끼고 있었다.

"새벽에 들어오면서 선생의 잠을 깨우지 않기를 바라다니? 당신에게 하숙비를 선불로 내라 하지 않아서 난 도박을 하러 가야만 했소, 생계를 유지하려면 그렇지 않소? 나는 지금 몹시 피곤하오. 자정에 모아비트에서 꾼들이 모여 있는 장면을 상상해 보시오. 그런데 내가 선을 잡자마자 도망쳐야 했소. 도박 단속반이 지붕을 통해 들이닥쳤기 때문이오. 2시가 되어서야 가까스로, 동물원 근처 가구 하나 없는 어느 빈 아파트에서 판이 다시 벌어졌는데 집주인이 하룻밤 사용료로 1년치 집세를 받았소. 또다시 노름판을 접어야 했을 때, 노름판 물주의 상황이 나빠지기 시작했고, 우리는 노름판 물주에게 베팅을 했소. 다섯 배까지 갔소. 대사관 지하실이면 안심할 수 있는데, 거기는 당연히 매우 비싸고…… 젊은 선생, 당신은 잘 주무셨소? 고통스러운 남색가 프롤레타리아트의 '인터내셔널 가'인 셰익스피어의 저 불멸의 소네트에 나오는 시구 '근심걱정으로 뒤엉킨 실타래를 풀어주는 달콤한 잠'처럼 말이오."

"당신이 뱀을 키운다고 해서 불편한 건 없습니다. 하지만 나를 이 방에 투숙시키면서 그 사실을 알려 주지 않은 것은 나를 도발하기 위해선가요, 아니면 시험하기 위해선가요? 뭐 나름 재밌었지만요! 이런 충격에 신경줄을 놓을 일은 없습니다. 나는 여자들처럼 예측하고 기대하는 것만 두려워하지요."

그가 변명을 늘어놓았다. 내가 불시에 들이닥쳐서라는 것이다. 하지만 곧 방은 준비될 것이었다. 이 기숙생들에게 먹이를 줘야 해서 내 잠을 깨울 수밖에 없었다는 것이다. 그가 이름도 잊어버린 얼룩덜룩 반점을 가진 이 기숙생들은 마다가스카르에서 온 것으로, 아침마다 달걀을 빨아 마신다. 목이 부풀어 있는 인도산 코브라는 크림 없는 우유 한 사발을 먹는다.

두꺼비로 가득 찬 구멍이 숭숭 뚫린 상자를 열어 보이면서 그가 말했다.

"이것이 피라미드에 서식하는 클레오파트라의 살무사가 먹을 음식이오. 고리 모양이 매우 선명한 아주 소란스러운 놈이지요.”

내가 손으로 기와 모양으로 비늘이 달린 비단뱀을 가리켰다.

“그놈들은 지금 산란기요. 매우 절제하는 중이오. 6주 내내 먹은 거라곤 토끼 한 마리뿐이었소. 이놈들에게는 특별히 날것을 먹이로 줍니다…… 그것이 여의치 않을 때는 그들을 속이기 위해 막대기 끝에 시체를 매달아 흔들어 주어야 하오. 죽은 시체는 그들의 식욕을 앗아 버리기 때문이오.”

“우표 수집보다 어리석은 짓은 아니군요.”

그는 내가 심드렁하게 반응하자 꽤 실망한 듯했다. 실망의 빛을 감추지도 않았다.

“나의 컬렉션은 많이 부족하오. 뱀의 종류는 1600종에 달하오. 그중에서도 나는 몸체가 풀빛이어서 개구리를 유인할 수 있는 인도산 뱀을 꼭 가지고 싶소. 몸의 색깔을 바꾸기도 하거든……”

그가 진열창 중 하나를 열었다.

“이 신비로운 생명체를 가까이서 보고 싶소? 비장하고 저주받은 놈들을 한번 만져 보시겠소?”

이렇게 제안하면서 그가 걱정스러운 듯 불안한 시선을 내게 보냈다. 그 시선 앞에서 나는 담담하려고 애를 썼다. 나를 실험하려는 것이 명백했다. 이 나라는 각자 자기 방식대로 살기로 작정한 아마추어들로 가득하다. 당신도 당신 방식대로 하라. 독일에서 살려면 체념하고 이를 받아들여야 한다. 이곳 사람들은 즉시 당신을 짚 뭉치에 핀으로 꽂아 고정하고 사방으로 돌려 보고는 그 결과를 기록해 둔다. 독일인들은 강박적으로 정보에 집착하고 분석하려는 욕구를 가지고 있다. 하지만 지나치게 세세해서 정보는 왜곡되고, 확실한 방법을 쓰는데도 엉뚱한 결과가 나오며, 신경은 늘 예민하다. 빚 속으로 빠져들수록 맹목적이 되기 때문에, 최초의 진실에 맞닥뜨리는 순간에는 이미 상태가 매우 좋지 않다. 적어도 이 사람의 일처리 방식은 우회적이었다. 게다가 나는 그가 숙식을 제공하는 대가로 일상적인 잡담을 프랑스어로 나누기로 계약했었다. 주제는 무엇이든 상관없었다. 그는 가르치면서 고생시키는, 지식을 등에 업고 징 박힌 구두에 안경을 낀 대학 교수가 아니었다. 약간 독특하고 빈혈이 있으며 식견이 있지만 정도에서는 벗어난 그런 종류의 독일인이고 신사였다. 전쟁이 내게 끼친 영향은(1914년 8월 2일 전쟁 중인데도 나는 로니 요새에서 『선택 친화성』을 읽고 있었다.) 나를 지치게 하고 내셔널리스트로 만들고 자극을 주는 것이었다면, 그의 다양한 면모 또 각양각색의 사람들과의 접촉을 통해서 전쟁은 그를 더 유연한 딜레탕트로 변화시켰다. 특히 그는 동양의 매력에 빠져들면서 감각이 예리해졌는데, 그 때문에 이 집주인의 타고난 거친 성격은 누그러진 것 같았다. 그를 보면 출발할 때는 사납고 잔인했는데 돌아올 때는 너그럽고 도덕적인 예술가로 변해 있던 어떤 십자군 병사들이 떠올랐다.

그의 어머니가 오스트리아인이라는 사실을 알기까지 나를 계속 놀랬던, 우아함이 넘치는 에곤 V. 슈트라호비츠의 예의 바른 태도를 강조해야겠다. 이제 그런 전통이 사라지고 소홀하게 취급되는 시대에, 절도 있고 단호한 태도로 군대식 정확성을 보여 주었을 뿐만 아니라, 무절제하지 않으면서도 대담하고 적절한 우아함을 보였던 것이다.

슈트라호비츠는 벽난로 쪽으로 다가가 송나라산 도자기

에 심어 놓은 잎이 두툼하고 독성을 가진 식물에 물을 한 방울 떨어뜨렸다. 그 화초의 잎에는, 가위 눌려 잠이 깬 사람의 곤두선 털처럼 가시털이 박혀 있었다.

나는 그를 기분 좋게 할 작정을 하고, 이 불가사의한 식물에 대한 그의 취향을 놀라워했다. 나는 전날 밤에도 아들론 호텔에 인접한 꽃 가게에서 식물 종양처럼 생긴 이 흉물스러운 식물의 한 종을 보았으며, 그것을 보려고 100명도 넘는 사람들이 줄을 서 있더라는 말을 덧붙였다.

"독일 사람들은 생소하고 잔혹한 것에 대한 취향이 있소. 독일인의 문학이나 풍속, 종교에서 그것을 종종 발견할 수 있소. 우리 독일인의 근본이 이교적이라는 사실을 잊어서는 안 됩니다. 여기서는 개종시키려면 학살을 해야만 했소. 당신네 프랑스도 백과전서파 시대에 많은 마녀들을 불태워 죽였죠. 선생, 정신 건강을 위해 의식의 뒷방도 여는 요즘 같은 시대에, 당신은 지금 다른 어떤 국민보다 우리 독일인이 상상력을 어지럽히는 아류들을 전시하는 모습을 보고 있소."

누군가 내게 초콜릿 음료를 가져다주었을 때, 그가 직접 내 빵 조각에 버터를 바르기 시작했다. 그가 말을 이었다.

"4년 동안의 집단 신경증이 그것을 부추겼소. 특히 그 공연의 결말. 패전(꼭 이 단어를 써야 합니다.) 이후에 나는 불온한 생각을 하는 예술가임이 밝혀졌소. 사람들이 생각하는 것보다 프러시아에는 그런 사람이 꽤 많습니다. 독일 남부의 바바리아인들은 이탈리아 취향을 받아들여 많이 변형되었지만, 우리 고장에는 귀한 슬라브족의 피가 지배적이오."

그가 손가락으로 벽에 걸린 표현주의 그림들을 가리켰다. 그중 몇몇 작품은 여송연의 재와 커피 또는 배설물로 그린 것이었다.

"한번 보시오, 칸딘스키, 샤갈, 코코슈카…… 현재 활동 중인 대가들이 모두 슬라브족이오. 독일을 이해하고 싶다면 1917년 이후 독일인과 러시아인들 사이의 교류를 반드시 알아야 합니다. 슬라브족은 프레더릭 2세가 크니 없애 버리라고 했던 아름다운 육체만 가진 게 아니오. 그들은 발트 해의 숲 너머로 우리를 바라보다가, 우리는 관장하지 못하는 평온 또는 성스러운 분노에 호소하여 모르는 사이 우리를 뒤흔들어 놓는 별 같은 눈을 가진 자들이오. 우리에게는 감자에서도 취기를 찾아낼 줄 아는 화학자들이 있소. 2000년도 더 전부터 지금까지 가벼운 종이와 마찬가지로 세르메즈의 용연향은 우리의 마음을 사로잡고 있소…… 독일인들이 보기에 페테르부르크는 온갖 자원들로 가득 찬 곳이었소. 모스크바는 마법이오. 러시아가 멀어지면서 우리는 러시아를 따라 아시아로 갈 준비가 되어 있소. 이주에 따르는 엄청난 손실을 감수해야 하고, 늑대처럼 살면서 죄의식도 없이 아이들을 잡아먹고, 짐승들과 관계를 맺어야 하는데도 말이오.

친위대의 전 대위가 이런 말 하는 것을 들으니 놀라운 모양이군요. 1915년부터 어리석은 우리 정부, 비싼 비용을 치른 실수들, 처벌받지 않는 책임자들, 군인의 우둔함이 아마도 기적 같은 성과들을 이루어 낸 것 같소. 개인적으로 나는 우리가 요즘 하고 있는 결백주의 캠페인은 일종의 수치라고 생각하오. 선언하건대 나는 나의 권력 의지를 확인할 수 있어서 죄를 짓는 것이 행복했소.(이것은 내게 흐르는 게르만족의 피요. 휴전 이후에는 속죄하는 게 행복이오.) 이것은 슬라브족의 영향이오. 포츠담 주둔 부대에서 보낸 나의 젊은 시절이 아쉬울 뿐이오. 잡지《청춘》의 표지에 실렸을 법한, 라일락 아래서 펼치던 작전들, 하얀 목덜미에 얼굴이 발그레하던 대령 부인 앞에서 하던 행진도. — 신이여 제국의 영혼을 거두소서!"

그는 내 침대에 걸터앉더니 자기 팔의 털을 뽑기 시작했다.

"공산주의자입니까?"

"당연히 군인이라는 직업은 완전히 공산주의적이지요. 사람들이 수없이 말해 왔듯이. 지금 나는 잠시 비상근직이지만 머지않아, 다시 말해 유럽이 무너지기만 하면, 경제 조직이 없으니, 나는 군에 복귀할 것이오. 오늘날 반군국주의는 인도주의적 사회주의만큼이나 시대에 뒤진 것이 되어 버렸기 때문이오. 기다리면서 우리가 해야 할 일은 예술적이고 비도덕적인 수단을 동원하여 종말로 치닫는 세상을 해체하는 것이오. 빛을 잃은 이 추악한 별의 파멸을 도웁시다. 어떻게 처신해야 하는지 당신에게 설명해 드리리다. 매우 유용할 것이오. 프랑스 사람들은 우리와 함께 일을 해야 하오. 그들의 역사에는 아주 귀한 무정부주의적인 요소들이 들어 있소. 그 요소들은 슬라브족의 허무주의가 갖는 사색적인 가치나 유대 민족의 신비한 교리가 갖는 폭발력은 없지만 무시할 수 없는 공헌을 했소. 당신들의 잃어버린 시간 속에서 이 점을 검토해 보고, 그에 대해 다시 한 번 이야기를 나눕시다."

면도하기 위해 불에 올려 두었던 물이 끓기 시작했다. 나는 일어섰다. 슈트라흐비츠는 내 침대에 누웠다. 거울을 통해 나는 팽팽한 피부에 광대뼈가 툭 튀어나온 야윈 말상의 그의 얼굴을 관찰했다. 니켈 도금한 이에 얇은 입매 때문에 턱이 세모 모양이 되었다. 나는 그의 기력이 급격히 소진되는 데 놀랐다.

"몇 살이세요?" 내가 물었다.

"서른셋이요. 그리스도의 나이지. 그리스도가 로마의 첩자였다는 사실을 아시오? 그는 2년 동안 여장을 하고 살았소. 사기죄로 형을 선고받았고."

나는 그의 무례하고 난폭한 언행을 비웃어 주고 싶었다. 나는 면도기 날을 갈면서 화난 투로 말했다.

"모든 프랑스 작가들, 그리고 그중에서도 가장 반동적인 작가들은 과감한 가설에서부터 시작했습니다. 결국 끝은 다 똑같지만. 우리 프랑스 사람들은 대담한 생각들을 굳이 사실에 부합시키려 하지 않고 그냥 그 자체로 좋아합니다. 그것들은 골동 장식품 같지요. 강한 자는 자신의 원칙과 모순되는 삶 살기를 결코 두려워하지 않습니다."

슈트라흐비츠가 어깨를 으쓱했다.

"거드름 피우기 좋아하는 당신네 프랑스 사람들은 씨가 하나밖에 없는 꽃들과 비슷하오." 그가 말했다.

그곳은 아주 오래된 유흥가였는데, 한창때의 카페 토르토니나그랑세즈가 그런 모습이었을 것이다. 그 카페들을 모방해서 그보다 뒤에 생겨난 '디봉보니에르'만 오늘날까지 남아서 이를 증명하고 있었다. 나는 종유석 모양의 샹들리에, 비단 커튼, 술 달린 도토리 모양 장식 끈, 낡은 장식품들, 황실 문장이 수놓인 방패꼴 가문에 감탄하곤 했다. 큼직한 과일 문양의 주홍색 다마스천으로 만든 동굴 안쪽에서는 비스듬히 자른 얼음들이 술과 마실 것들, 호화로운 왕관 모양의 보석 장식들을 식히고 있었다. 어깨와 가슴을 훤히 드러내고 깃털 장식 드레스를 입은, 등에는 오래된 키스 마크 같은 멍 자국이 있는 부인들이 나를 에워싸고 내게 갈랑트리[29]를 요구했다. 나이가 아주 많은 하인들이 늘 하던 익숙한 동작으로 따뜻한 보르도산 포도주의 맑은 부분을 떠내어 다른 곳으로 옮겨 담았다. 그러다가 매춘부와 기둥서방으로 보이는 남자들 한 무리가 몰려 들어와 그들을 떠밀었다. 그들의 눈에서 세상의 종말이 보였다.

나는 대리석에 팔꿈치를 괴고 있는 에곤 v. 슈트라흐비츠를 발견했다. 그는 혼자서 어깨너머로 빨대를 이용하여 건성건성 술을 마시고 있었다.

"이 바는, 아니 요즘 하는 말로 이 카바레는 매우 불경하오." 그가 말했다. "하지만 1800마르크의 저녁 식사를 즐길 수 있는 손님은 많지가 않아서 식당이 망하지 않게 지켜 주려고, 또 불평이 많은 대중(우리도 거기에 속하오.)에게 만찬을 즐기는 모습을 보여 주려고 이 카바레를 만들었소. 여기가 내 청춘이오. 플러시천에 난 이 모든 얼룩은 러시아의 황태자들이 남긴 자국들이오. 여전히 발칸 반도에 터 잡고 있는 터키인, 카르파티아 산맥에 있는 400개의 원전과 자동차로 횡단하는 데만 사흘 걸리는 영토를 자랑스러워하는 변변치 못한 러시아 귀족들, 금장식 술이 달린 푹신한 부츠를 신은 터키의 제후 호스포다르들. 나는 마른 강에서 살해당한 쿠노 호언로에가 2층 정면 관람석의 가장자리에서 손에 샴페인 잔을 든 채 달리는 모습을 본 적이 있소. 나도 어느 날 저녁 사회 민주주의 당원 한 사람을 조명 시설을 갖춘 한 분수대의 수련들 속으로 집어던진 적이 있소. 저 양복 입은 방탕한 자들을 보시오. 미국 치과 의사들, 피아노 연주자들, 하늘을 날아다니는 밀수입자들,

29 galanterie. 여성의 환심을 사기 위해 베푸는 친절

무자격 낙태 시술자들, 그리고 유다의 자손들. 오, 이런! 저런 부류의 인간들을 만나 볼 수 있는 곳은 이제 법정뿐이오. 교향악단이 「아마파」를 연주할 때면, 파란 불을 켜지요. 쿠바 여송연 앞으로! 연어알젓 앞으로! 저들 중 하나라도 과거에 위험을 무릅써 본 경험이 있더라면(사람들이 그가 높이 올라가도록 내버려 두었다고 가정하고)…… 보시오, 유기 물질이 잔뜩 섞인 부식토처럼 두꺼워진 카펫, 빈 물병 소리를 내며 웃고 있는 저 여인들, 원유처럼 탁하고 무거운 그녀들의 눈, 입에서 흘러나오는 축축한 음색. 바이올린들 사이로 오케스트라는 양귀비 씨들을 뒤적이고…… 밖에서는, 들어 보시오, 고급 주택가의 저속한 욕망의 소리를. 경도와 위도라는 그물이 가까스로 붙잡아 지탱하는, 흔들리는 저 유럽의 소리를, 들어 보시오……"

그가 멈춰 서서 웃기 시작했다.

"버너 하나와 섹스 파티…… 바로 이 에곤을 위한 거요. 수면용 환각제는 독일에서 제조한 특허 약이오. 하지만 나는 이 공동묘지에 있는 내 동료들을 완벽하게 재단된 수의로 현혹할 작정이오."

이 조잡한 낭만주의 놀음에 취한 그는 포도송이 모양의 샹들리에에서 송이를 따 모으기라도 할 듯이 천장을 향해 잔을 한 번 들어 올렸다가 그 잔을 비웠다.

"집에 가야겠소. 당신의 표정을 보니 이곳에 남아 '코카인 댄스'에 참석하고 싶은 모양이오. 안달이 났군. 피라미드 모양으로 수북이 쌓아 놓은 가재 요리 뒤에서 살그머니 훔쳐보고 있지 않소. 속으로 '저 요정들, 저들을 영원히 살게 하고 싶다…….'라고 생각하면서.

당신 나이일 때 나는 육체를 신격화하기 좋아했소. 나 자신이 호색한 기질보다 육체적 쾌락을, 그리고 육체적 쾌락보다는 혐오감을 더 많이 느낀다는 사실을 깨달을 때까지는 그랬소. 사랑을 할 때 나는 바로크적인 것, 바로크풍 예수회 양식을 좋아하오. 아버지의 반대에도 나는 티롤 지방의 펠트키르시라는 훌륭한 예수회 신학교에서 교육을 받았소. 실패한 건 아니었소. 나에게 세계는 십자가 모양의 뱀이 그려진 푸른빛 공(그리스도마리아요셉)으로 남아 있소. 아마도 뱀을 수집하는 나의 취미는 거기서 생기지 않았을까? 내가 어디를 기웃거리든지, 나는 늘 이탈리아 이민자처럼, 부메랑처럼 내가 다닌 신학교로 되돌아갈 거요. 실상 당신이 보고 있는 나는 매우 모범적인 사람이오, 당신이 생각하는 것처럼 수염이 까칠한 메피스토펠레스 같은 사람이 아니지. 내가 이 기분 나쁜 장소에서 당신을 데리고 나가는 게 바로 그 증거죠."

그가 내 팔을 붙잡았다.

얼마 동안 우리는 아무 말 없이 걸었다. 우리가 정원에 들어섰을 때 나는 양심의 지시에 따르기로 했다. 20미터 간격으로 늘어서 있는, 양손에 대리석 검을 든 잠옷 차림의 몇몇 인물을 증인으로 삼았다. 나는 그들이 지거스알레의 호언트졸렌 왕족이라는 사실을 나중에 알았다. 내가 말을 꺼냈다.

"슈트라호비츠, 내 말을 들어 봐요. 당신처럼 우수한 혈통에 섬세하고 매력적인 사람이 터무니없는 행동들을 제어하지 않고 오히려 거기에 자신을 내맡기고, 순진한 반항이나 유치한 충동에 만족한 채 자신의 매력과 건강, 지성, 품격을 남용하는 게 매우 안타깝습니다."

슈트라호비츠는 함부르크산 여송연에 불을 붙였다. 독한

냄새가 사방으로 퍼져 나갔다.

"내 아내가 내일 도착할 거요. 내가 재혼했다는 말을 하지 않았소?"

그리고 덧붙였다.

"당신 곧 남작 부인과 잠자리를 같이할 것 같지 않소?"

나는 짐짓 못들은 척했다.

"아이가 있습니까?" 내가 물었다.

"지식인에게는 자식이 없소. 부자들도 마찬가지요. 자식을 낳는 자는 누추한 집에 사는 민중들이오. 하나만 낳아도. 100년 뒤에 400명의 슈트라흐비츠를 보고 싶소? 150년 뒤에는 1만 2000명? 300년 뒤엔 4만 5000명? 죄다 도둑이나 노예, 노동자? 아니면 더 나쁜 판사, 건축가, 대사 들일 텐데? 이런 개인적인 제국주의 재발은 근절해야 하오. 당신은 내가 번식력이 강한 독일인이라고 생각하시오? 난 겨우 나 자신을 없애지 않았을 뿐이오. 그것은 주정뱅이로 영원히 살기 위해서가 아니오. 내가 세상을 전멸시키는 데 미약하게나마 기여하리라는 것은 확실합니다."

철학적인 하룻밤이 쾨니긴아우구스타스트라세 운하에 되비치고 있었다. 운하에는 물에 어른거리는 보리수 그림자들 사이로 엘베에서 온 거룻배들이 붉은 벽돌을 가득 실은 채 잠들어 있다. 그 뒤로는 잔디밭 위에 낮게 드리운 전철의 불빛들이 실거리나무들 사이를 빙빙 돌았다.

다음 날 저녁, 식사를 마치고 집에 돌아왔을 때, 나는 마닐라산 숄을 두르고 소파에 누워 있는 젊은 여인과, 그녀와 대화 중인 에곤을 발견했다. 그는 나를 그녀에게 소개하면서, 남작 부인이 여행에서 돌아와 방금 목욕을 마친 참이라며 그녀가 옷을 입고 있지 않은 데 양해를 구했다. 나는 그녀가 왜 모란이 그려진 작은 양산을 손에 들고 있었는지는 지금도 모르겠다.

그녀에게서 달빛 같은 은은한 광채가 났다. 이마는 납작했고, 눈썹 아래로 평평한 코가 바짝 붙어 있었다. 머리카락은 히스빛 보라색이었다. 그녀는 의미 없는 몇 마디를 꽤 신랄한 말인 것처럼 또박또박 끊어서 발음했다. 에곤이 램프를 들고 그녀 주위를 한 바퀴 돌았다. 나는 그가 장바구니에서 끄집어내어 다시 제 집에 넣어 줄 때까지 꼼짝 못 하고 다리를 버둥거리는 동그란 눈의 식용 토끼 한 마리를 내게 보여 주는 것 같았다. 나의 이런 상상을 완성해 주려는 듯이, 그가 그녀의 머리에 얼굴을 가까이 대고 간지럽히듯이 동물의 이름을 애칭으로 쓰면서 그녀를 다정하게 불렀다. 그러자 그녀가 그를 껴안았다. 그런 격정에도 불구하고 이 연인들은 어쩐지 서로 싸우며 괴로워하는 것처럼 보였다. 특히 에곤은 내가 어떤 인상을 받았는지 꽤 신경 쓰는 눈치였다. 남작 부인은 림프액 같은 것에 흠뻑 젖은 채 때로는 이유 없이 그저 황홀경에 빠져들어서 저 멀리 다른 세상에 있는 사람 같이 보였다. 그녀가 자기는 파리를 좋아하고 거기서 에곤을 알게 되었다고 내게 한껏 친절하게 그리고 의례적인 태도로 말했다.

"나흐 파리(파리를 향하여)! 「줠로 탱고」를 아시오?" 그가 나를 의식하며 매우 상냥하게 물었다.

그는 모자를 쓰고 옷깃을 세우곤 노래를 부르기 시작했다.

위대한 줠로가

부에노스아이레스에서처럼

탱고를 춘 이후로,

그라시에르 거리

처형용 기둥들의 무도회에서

이제 그를 위해서만……

"이 노래를 듣고 어느 빛바랜 술집 계산대, 날카로운 모서리, 멋진 쥐색 양복, 얼굴에 여드름이 난 선거 운동원 주인이 내미는 짙은 빛깔의 아페리티프를 상상해 보시오. 식민지 관리인, 가스, 자동판매기, 양말 아래 하지정맥류를 일으키는 동전 지갑, 부엌과 서재의 독특한 냄새. 누군가 나를 좀 괴롭히는 것 같고 나는 더 빠르게 사는 것만 같고. 이것이 파리요."

나는 남작 부인을 바라보고 있었다. 그녀의 입술은 과장스러웠지만, 아무 표정이 없었다. 앙고라토끼를 빼닮은 그녀의 모습이 나를 계속 사로잡았다. 그녀의 축 처진 목에는 마치 비계처럼 케이프가 둘러져 있었다.

그녀의 이마에 땀이 송골송골 맺혔다.

나는 저녁 모임 분위기가 무겁고 공기도 탁하다고 말했다.

"정말 덥군요! 누군가를 탓하고 싶을 지경이에요." 그녀가 말했다.

"그러라고 내가 있지 않소." 에곤이 말했다.

"이게 다 당신이 저 뱀들 때문에 아파트 난방을 지나치게 해야 하기 때문이에요. 당신은 나보다 뱀들에게 훨씬 집착하는군요. 바로 당신이 레비아탕이에요. 구불구불 접혀서 꿈틀거리는 저 뱀. 나는 이 규방에 들어오면 숨이 막혀 죽을 것 같아요. 에곤도 그 사실을 알아요."

에곤이 웃으면서 말했다. "마담은 매우 신경질적이오. 누구나 쉽게 손에 넣을 수 있는 그런 젊은 여인이 아니오. 그녀의 뇌 활동은 초보적인 수준이고, 비정상적으로 발전한 신경계는 나머지 조직과 관련이 없소. 의지력 같은 건 완전히 파괴되었고. 심하게 성병을 앓은 적이 있는데, 자주 재발하오. 열두 살에 월경을 시작했는데, 대대로 내려오는 유전적 특성이라 하오. 불온한 독서들, 도무지 정돈되지 않은 습관들, 당신도 알아 두는 편이 좋을 거요. 가끔 발작적으로 이상한 부분 마비가 일어나기도 하고……"

짜증이 난 나는 그의 말을 바로잡고 싶었다. 그의 말을 가로막고 내가 말했다.

"그런 말을 왜 내게 하는 겁니까?"

"우리의 부부생활은……"

"우리나라에서 부부생활은 이중으로 비밀입니다."

"당신네 프랑스인들은 누이들의 경거망동, 아버지의 파산, 할머니의 섬유종 같은 자신의 치부를 조용히 속으로 삼키더군요. 그건 건강에 매우 좋지 않소. 말을 해야 하오. 그래서 나는 무신론자이지만 그래도 앞으로도 언제나 고백을 하려 하오. 문제가 심각하면 그리고 사제가 마음에 들지 않으면, 드레스덴에 지혜의 학교 같은 최신 시설들도 있소. 그곳에서 얘기를 들어 주고 보수를 받는 철학자들에게 당신의 상황을 늘어놓을 수가 있소…… 당신이 들으면 놀랄 말을 이렇게 당신에게 늘어놓는 것도 나의 평온을 위해서, 평화롭게 잠들기 위해서요. 낮 동안 말하지 않고 행하지 않은 모든 것은 밤 동안 우리의 마음속을 돌아다니는 법이오."

"무슨 뜻으로 하는 말입니까?"

"괴테는 불완전한 증상으로 나타나는 잠복된 두려움이나

표출되지 못한 욕망을 말로 덜어내야 한다고 말하고 싶어 했소. 우리는 명명함으로써 신들을 굴복시키고 유령들을 무장해제시키죠. 당신에게 나는 행복하다고, 남작 부인은 매우 건강하다고 자백했을 수도 있소. 하지만 그다음에는 우리 둘 다, 아마도 우리 셋 모두 그 때문에 고통스러워질 거요. 그러니 당신은 이 마담이 완전히 미친 사람 취급을 받으며, 곧 죽으리라는 사실을 알고 있어야만 하오."

나는 슈트라호비츠에게 화가 났다. 그 방을 막 나서려던 참이었는데, 그가 선수를 쳤다. 그는 재빨리 손으로 눈을 가리더니 자리에서 벌떡 일어나 흐느껴 울면서 문밖으로 나가 버렸다.

*

그가 다시 돌아오자 남작 부인은 팔로 얼굴을 가리고 울음을 터트렸다. 그녀의 숄에 그려진 큰 꽃들이 울먹이는 그녀의 등을 타고 바람에 흔들리듯이 들썩였다.

"이건 모욕입니다. 부인. 당신의 남편이 그런 말을 할 권리는 없습니다. 이렇게 상처를 공개적으로 드러내고 그런 방식으로 치유해야 한다면, 친분에서 무엇이 남겠으며 또 우리는 뭐가 되겠습니까?"

그녀는 내가 생각했던 것보다 훨씬 예뻤다.

나는 점점 흥분했고, 신경질적이고 혼란스러운 이 사람들의 분위기에 조금씩 압도되고 있었다. 나는 눈물과 식물 채집 그리고 동포애로 결합된, 18세기 제네바식의 이 특이한 삼각관계에 대해 생각해 보았다.

나는 내가 어떻게 남작 부인 옆에 무릎을 꿇고 앉게 되었는지 잘 모르겠다. 그녀의 눈물이 내 뺨을 타고 흘러내렸고, 너무도 진실하게 펑펑 울어서 그녀의 눈물은 곧 나의 눈물이 되었다. 좀 진정이 되자 그녀가 말했다.

"에곤은 결코 나를 원하지도 사랑하지도 않았어요. 파리에서 2년 전 그를 알게 되었을 때, 그는 매우 세련되고 섬세하고 시적인 기질로, 자살을 하고 싶어 했어요. 나는 그러지 말라고 그를 설득했지만, 그는 내 말을 듣지 않았어요. 7월처럼 더운 10월의 어느 날 저녁에 우연히 그를 다시 만났어요. 여름이 두 번째 열매를 맺는 추분 무렵의 평온을 아시나요? 그 일은 트로카데로의 공원에서 일어났어요. 모자를 쓰지 않은 맨머리에 매우 미남이었던 그는 프랑스어로 작성된 컬러 인쇄물을 나눠 주고 있었어요. 거기에는 이런 글귀가 쓰여 있었죠.

파리의 시민들이여

저녁 8시에 에펠 탑을 보라.
허무를 찬양하기 위하여
나는 에펠탑에서 뛰어내릴 것이다.
시간에 절망하여
에펠 탑에서 뛰어내릴 것이다.
서명: 에곤 V. 스트라호비츠

그는 내게 다가오더니 편지 한 통과 그의 반지를, 야곱 호텔에 투숙하고 있는 영국인 친구에게 맡겨 달라고 부탁했어요. 나는 그 편지를 늘 몸에 지니고 다녔어요."

남작 부인은 로마의 테레베 강 하류 부두에서 제작된 베네치아 초록빛의 모조 래커로 만든 책상 서랍 하나를 열고, 영어로 쓰인 그 편지를 읽었다.

파리, 1919년 10월 10일.

My dear jack,

This is the last letter I shall ever write. At 8 p.m. K jump from the Eiffel Tower.

I have had a bloody career. Please keep all I have told you about Mrs. W. as a strict secret. I tried to crush my madness but I could not. Never let fate sway you nor a woman. I am a bloody heartbroken beggar. I am longing to bedead. I tried enlist in the Légion étrangère but as I am ill, they would not have me before I was well. My Wassermann reaction in positive. Since then, I have stolen three bicycles and a postal order and gone in for sodomy. I am feeling very unbalanced. I shall jump like hell, nothing shall stop me. I hope you will avenge my death on Christianity and Society that have caused it. I am in a hell of an agony and cannot sleep. I would like to murder someone before I die. I wish my remains to be buried in the pantheon besides these of Rousseau le douanier. I wish I had something to leave you. Take my signet ring.

Best love from pour late friend.

에곤.

남작 부인은 더 이상 편지를 읽고 있지 않았다. 그녀는 경건하게 편지를 암송했다.

“이보다 감동적인 글을 본 적이 있으세요?”

나는 그녀에게 영어를 모른다고 대답했다. 그러자 그녀는 그것을 프랑스어로 번역하면서 끈기 있게 다시 읽어 내려갔다.

파리, 1919년 10월 10일.

나의 잭,

이것이 내가 쓰는 마지막 편지입니다. 오늘 저녁 8시에 나는 에펠 탑에서 뛰어내릴 작정입니다. 나는 성스러운 삶을 살았습니다. W부인에 대해 내가 당신에게 했던 말은 완전히 비밀로 해 주시기 바랍니다. 나의 광기를 억누르려고 노력했지만 소용이 없었습니다. 운명이나 여자들에게 결코 흔들리지 마십시오. 나는 마음에 상처를 입은 불쌍한 놈입니다. 나는 지금 열렬히 죽기를 희망합니다. 프랑스 외인부대에 들어가려고 애도 써 보았지만, 병을 앓고 있어서 회복하기 전에는 받아 주지 않았습니다. 바서만 반응은 양성으로 나왔습니다. 그때 이후 나는 자전거 세 대와 우편 소액환 한 장을 훔쳤습니다. 비역질도 했습니다. 나는 몹시 불안합니다. 나는 격렬하게 허공으로 뛰어내릴 것이고 그 무엇도 나를 저지하지 못할 겁니다. 원컨대 당신이 내 죽음의 원인인 그리스도교와 예수회에 복수해 주십시오. 나는 끔찍한 위기를 겪고 있으며 잠을 잘 수도 없습니다. 죽기 전에 누군가를 죽이고 싶군요. 내 유해는 판테온 신전에, 세관원 루소의 유해 근처에 놓아 주기 바랍니다. 당신에게 무언가를 남겼으면 합니다. 나의 가문이 새겨진 이 반지를 받아 주세요.

잘 있어요, 고인이 된 친구.

에곤.

"그래서 어떻게 되었나요?"

"그는 에펠 탑에 오르지 못했어요. 나와 결혼했으니까요."

"손톱이 긴 에곤은 나처럼 게으름을 좋아했어요. 또 여리고 예민한 목련 꽃잎이 마치 목매어 죽은 사람처럼 순식간에 검게 변해 버릴 듯한 열띤 분위기에서, 푹신한 카나페[30]에 앉아 말이 필요 없는 고백 하기를 좋아했어요.

우리의 사랑은 즉시 불타올랐어요. 우리가 서로를 발견하고 서로에게 몰입하게 될 때까지는 불과 몇 주도 걸리지 않았지요. 하지만 우리는 둘 다 인생의 산전수전을 다 겪었기 때문에 이렇게 의견이 잘 맞는 우리가 앞으로 또 그런 미덕과 악덕을 겪을 일은 없으리라고 생각했어요.(하지만 미덕과 악덕을 꼭 대립시켜야 하나요?) 그래서 우리는 서로에게 짜증이 났거나 아니면 너무나 관대해진 연인들에게 예정된, 애정이 식어 가면서 진이 빠지고 싫증이 나는 잔인한 시간을 따로따로가 아니라 함께 겪기로 결심했습니다. 우리는 서로에게 도움이 되었어요. 충실하게 우리는 각자가 새벽부터 구해 온 온갖 자극과 위안 또는 즐거움을 우리의 공동체로 가져왔습니다. 어떤 것들인지 알고 싶으세요?"

"누구나 소박하고 솔직한 자기만의 목록이 있지요." 내가 말했다. "오래된 이야기에 나오는 지나친 기교보다는 낫지요. 계속하세요."

"더 이상 할 수가 없어요……"

남작 부인은 다시 눈물을 흘렸다.

그녀는 몸을 숙인 채 한참 말없이 가만있었다. 나는 그녀

30 남작 부인은 canapé를 kanapé(벤치)로 잘못 사용했다.

에게 이제 그만 울음을 멈추라고 말했다. 그녀는 순순히 내 말을 따랐다.

그녀가 일어나 앉았다. 눈에는 그늘이 짙게 끼고 머리는 헝클어진 채 넋이 나간 것 같은 그녀는 몽유병자처럼 보였다. 숄이 떨어져 양말까지 내려온 것도 모르고 그녀는 허공에 대고 같은 말을 되풀이했다.

"장갑을 끼지 않아서 미안해요…… 당신을 맞이하려면 장갑을 꼈어야 했는데……"

그리고 그녀는 양팔로 내 허리를 껴안으면서 말했다.

"이렇게 와 주셔서 얼마나 좋은지!"

그녀는 그 규방을 장식한 보랏빛과 같은 색의 스타킹을 신고 있었다. 군데군데 금사가 박힌 은색 실내 슬리퍼가 어두운 허공 속에서 아래로 떨어졌다.

나는 오랫동안 그녀 옆에 누워 있었다. 집 안에는 침묵이 흘렀다. 잠이 들었는데도 그녀는 온 힘을 다해 내 손을 꼭 잡고 있었다. 마치 깊은 잠 속에 빠져 가라앉아 버릴까 봐 두려운 사람처럼. 깜짝 놀라서 나는 이 이상한 여인을 찬찬히 살펴보았다. 어떻게 내가 그녀 옆에 눕게 되었는지 납득이 되지 않았다. 노르스름한 새벽이 커튼 사이로 스며들어 왔다. 나는 눈을 뜬 채 꼼짝도 하지 않고 가만있었다. 그리고 생각했다.

"왜 이제는 밤이 예전 같지가 않을까, 왜 휴식으로 느껴지지 않지? 지금 나의 밤에는 깊이와 피로를 풀어 주는 어둠이 부족하다. 지금 내가 있는 이 밤은 텅 빈 동굴 속, 길을 잘못 든 일탈의 어둠 같다, 그 속에 나는 혼자 아니 이 기괴한 나의 누이들과 함께……"

갑자기 마루가 삐걱거렸다. 나는 뒤돌아보았다. 터키식 실내복을 입고 외알박이 안경을 낀 슈트라흐비츠가 내 뒤에서 있었다.

나는 자리에서 일어났다.

"당신 말대로 하겠습니다……" 내가 말을 꺼냈다.

이제 내게는 저항할 무기가 없었다.

"고맙군요." 그가 말했다. "남작 부인이 기분이 좋지 않을 때는 아주 연하게 끓인 차를 조금 주는 게 가장 좋습니다."

그는 서랍에서 작은 은박 상자를 꺼내더니, 이제 기부자가 된 그의 가느다란 손가락으로 전기 포트에 물을 끓일 준비를 했다.

베를린 — 탈루아르, 1921.

바빌론의 밤

잠시 후에 의회로 돌아오겠다고 나는 측근들에게 고지했다. 하지만 나는 푸드레가 발표하는 틈을 이용해 단번에 행정부로 뛰어올라가 날림으로 서명을 해치우고 싶었다. 여기는 팔레부르봉 광장이고, 이젠 명예가 실추된 조각상[31]이 있다. 언젠가는 누군가가 정치적인 초상화의 선정성을 폭로해 줄까?

센 강 좌안에는 이제 사람이 많지 않았다. 파리를 여느 도시와 다른 특별한 곳으로 만들었던, 노동의 끝과 쾌락의 시작이 만나는 이 접점이 이제는 작동하지 않았다. 7시가 지나자 소리 없는 습기와 함께 암묵적인 야간 통행 금지령이 이곳을 뒤덮었다. 작은 남프랑스풍 술집의 달팽이 요리 냄새가 부르고뉴 거리 입구까지 퍼져 나갔다. 그 뒤로 생트클로틸드 성당, 수도원 벽에 드리운 나무 그림자, 그리고 밤이라 굳게 닫힌 덧창들이 바빌론 거리까지 쭉 이어져 있었다.

31 장자크 퓌세르가 제작한 일명 '법'이라 불리는 조각상

나는 정부 청사의 루이 15세 양식으로 된 낮은 층계를 성큼성큼 올라갔다. 입구에 무료 배식을 기다리듯 지방 기자단이 진을 치고 있어서, 나는 화장실을 거쳐 귀가함으로써 그들을 따돌렸다.

나는 면회를 사절하고 있었다.

경비원이 욕조의 물을 비워 두었다. 그가 가지고 다니는 체인이 세면용 양동이 위에 매달려 있다. 그는 내가 서두르는 것을 보더니, 회의는 중단되었고 야간 정례회가 열릴 것이니 서두를 필요가 없다고 말했다. 어떻게 알았을까? 그는 언제나 알고 있다. 순진한 그의 얼굴에는 아직 농사꾼의 투박한 인상이 남아 있다. 아마도 매일 밤 샤빌로 돌아가 그의 채소들을 만나기 때문이리라. 그는 연필로 꺾꽂이를 하고, 〈관보〉의 겉 포장을 벗기고, 공식 성명들을 모으고, 사보느리 양탄자의 꽃무늬에 소독약을 뿌리고, 아코디언 모양 난로 옆에서 지난날에 대해 들려주곤 했다.

내 사무실에는 장작 여덟 개가 한 세트로 불을 피우는 난로가 벽면을 따라 설치되어 있다. 내 탁자의 장미목으로 만든 마감재들이 타닥타닥 튀어 오르는 소리를 냈다. 이곳에서 과거 네케르가 업무를 보았었다(0042호, 국립 가구 창고). 잘 차려진 식탁 같다. 위에 펼쳐진 온갖 서류들이 식욕을 돋우는. 업무 보고를 제외하고도, 파란 줄이 그어진 일간 신문들, 무선 전보들, 노란색 행정 전보들, 더러워졌거나 향수가 뿌려진 명함들, 메시지들이 하루에 1세제곱미터에 달할 정도로 쌓였다. 타이피스트가 두 시간마다 그것들을 다시 정리했다. 백화점의 전기 배전반같이 생긴 벨이 있다. 엄지손가락으로 앞에 있는 벨 세 개를 누르기 전에 나는 7분 동안 드뉘즈를 생각했다……

올해 초였다. 우리 집에서 송년 축하 파티가 열렸다. 모두가 떠나고 침대에 들기 전에 나는 팬츠 차림으로 식당에 갔다. 차가워진, 족히 1년치는 될 담배 냄새가 커튼에 짙게 배어 있었다. 바닥에는 거의 간 요리와 흐트러진 색종이 테이프들, 그리고 검게 탄 칸델라가 어지럽게 늘려 있었고, 천장에는 겨우살이가 매달려 있었다. 탁자 아래에는 뾰족하게 마개 철사가 들린 와인병 열여덟 개가 나뒹굴었다. 누군가 초인종을 울렸다. 나는 문을 열지 않았다. 초인종이 또다시 울렸다.

"안녕하세요. 나예요, 드뉘즈. 내가 좀 늦었나요?"

어둠 속에서 그녀는 아이스크림통에 부딪쳤다. 그녀의 친구들이 그녀와 내 집에서 만날 약속을 했던 터라 그들은 새벽 3시까지 그녀를 기다렸었다. 하지만 그녀는 늘 약속 시간보다 늦었다. 그녀는 연신 감탄했다. 1월 1일에는 모든 것이 재미있고 자극적이어서 그녀는 웃어 댔지만 실상 겁을 먹고 있었다. 그녀가 말했다.

"샹들리에를 좀 켜 주세요. 등불을 바닥에 내려놓는 요즘 여자들과 나는 달라요." 그녀는 최근에 고산지대에서 내려온 것이 틀림없었다. 햇빛과 눈에 피부는 그을리고 흰 털 늑대처럼 얼굴에 안경 자국이 나 있었기 때문이다. 머리카락의 색깔도 옅어져 있었다. 그녀의 드레스 자락이 경이로운 소리를 냈지만, 그녀를 변장시키지는 못했다. 드뉘즈는 그저 딱 드레스만큼이었다. 넓은 이마에는 여러 생각들이 드나들 여지가 충분했다.

"나는 아직 장관의 집에는 와 본 적이 없어요. 당신은 젊군요."

"프랑스의 모든 사람들처럼 당신도 그 점을 싫어하나요?"

대답하기 귀찮을 때면 그녀는 애매한 태도를 취했다. 그녀는 가구마다 물건마다 앞에서 머뭇거리면서 방을 한 바퀴 둘러보았다. 마치 새집을 얻은 경계심 많은 어린 고양이 같았다.

"마실 거리를 대접할게요. 유리잔 바닥에 이상한 얼룩들이 있어서……"

그러나 내가 너무 늦게 오자, 그녀는 "아스피린만 있으면 돼요."라고 말했다.

그녀는 내가 그녀의 관자놀이를 짚어 보는 걸 허용했다. 심지어 붉고 차가운 자기 손으로 그렇게 하도록 나를 거들었다. 그리고 어쨌거나 음식을 먹었다.

우리는 날이 밝기 전 아무도 주의를 기울이지 않은 탓에 중립적인, 빛바랜 시간을 함께 보내고 있었다. 이 시간에는 대지에 감히 손을 내미는 자가 대지 속에 잠들어 있는 모든 재물과 함께 그 대지를 소유하게 될 것이다. 밤참을 먹는 사람들이 박쥐처럼 무질서하게 안으로 들이닥쳤다. 돼지고기 장수들이 아직 문을 열어 두었다. 야간 소음은 허용되어서……

"다시 올 건가요? 지금은 4시이고 우리는 이미 많이 마셨어요, 그러니 그러겠다고 말하지 말아요. 혹여 내가 모든 여자들 뒤꽁무니를 쫓아다닌다고 누군가 당신에게 말해 주더라도? 자, 그럼, 우리 친구 해요."

나는 그녀를 겨우살이 아래로 데려갔다. 그녀가 머뭇거렸다.

"결혼식 같군요. 처음엔 겨우살이 아래, 그다음엔 호랑가시나무 위."

이제 푸드레는 결론을 내려야 했다. 그는 단순하고 간단

한 그날의 안건을 요구했다. 기껏해야 사회주의자들이 위원회에 회부하자고 주장할 것이다. 그리고 아마도 거수 표결.

나는 고기를 많이 먹는다. 나는 식사 도중에 전화로 불려 나가기를 좋아한다. 내 주머니는 언제나 낱장으로 인쇄된 추천장들로 가득 차 있다. 98킬로그램. 1미터 87센티미터. 여자들이 "그가 알면 나를 죽일 거예요."라고 말하면서 속여 먹는 그런 남자들 중 하나다. 나는 겉보기만큼 어리석지는 않고, 내 생각보다는 아둔하다. 내 머리글자가 쓰인 휘장을 들고 장례 행렬이 지나가는 것을 볼 때면 나는 미소를 짓는다. 나는 늘 저항할 수 없는 물리적 욕구에 떠밀려 움직인다. 셔츠를 입고 있어도 안에 털이 달린 외투를 입은 사람들만큼 뚱뚱하다. 나는 자유 통행증을 소지하고 있다. 센 도의 도지사와 친분이 있다. 나는 자기암시를 믿는다. 스무 개의 매듭이 있는 계급 줄을 차고 있다. 저녁마다 나는 침대에서 스무 번쯤 "매일 나는 모든 관점에서 더 좋아지고 있다."라는 말을 되풀이한다. 나는 내 자동차를 친구들에게 빌려주기도 한다. 나는 자유롭게 모든 도로를 통행할 수 있다. 나는 《베레니스》를 다 외운다. 나는 늘 잠옷 차림으로 살지는 않는다. 나는 삽화가 든 라루스 사전 전집에 구독 신청한다. 나는 공산주의자들을 장악하고 있다.

내가 드뉘즈를 안 것은 넉 달 전이었다. 그녀를 두 번째 만난 것은 라튀베르퀴로즈 갈라 축제[32]에서였다. 내가 주관하는 행사였다. 드뉘즈, 그녀는 나로서는 완전히 새로운 경험이

32 결핵 퇴치 공연

었다. 그때까지 내게 온 여자들은 대담해서든 잇속을 차려서든 감성적이어서든 즉각 노예를 자처했다. 요즘 여자는 얼마나 빨리 굴복하는지! 얼마나 매력적인지! 얼마나 슬픈지! 작은 양산 하나, 5월의 꽃(사랑을 고백하는 은방울꽃)을 위해서라면 그녀들은 아무리 험난한 길이라도 마다 않았다. 거기서 예기치 못한 일들이 벌어졌다. 열정의 변덕, 분쟁, 낭비와 탕진 등. 매일 낮에는 공물을 가져왔고, 밤에는 허울 좋은 이유를 둘러 댔다. 여러분은 10년 동안 당신의 머릿속을 울려 대는 이런 관능의 추적을 겪어 본 일이 있는가? 파리의 모든 여인들은 얇은 치마 속에, 부드러운 엉덩이 위에 아무것도 걸치지 않았다. 전쟁 이후로 나는 다른 종류의 사람을, 다시 말해 나와 동등한 자질을 갖춘 나와 비슷한 존재들을 눈앞에 떠올려 상상해 보는 것을 즐거움으로 삼았다.(그럴 정도로 나는 정신적으로 고양되어 있었다.) 밤이면 엄폐호에서 은사를 몸에 두른 상상의 전조들이 나를 찾아오곤 했다. 그녀들은 대개 육체적인 매력은 없었는데, 그 정도로 나는 무엇보다 품위 있고 당당하며 가식이나 왜곡된 애정을 갖지 않은 이를 원했다. 그런데 내가 말한 바로 그날 저녁 소망이 실현되었던 것이다. 드뉘즈가, 내가 꿈꾸었던 바로 그 모습으로 내 앞에 나타났다.(내가 꿈꾼 저 상징적인 아름다움이 그녀의 타고난 자질과 합해져 극대화되었음은 말할 것도 없다.)

내가 그녀에게 단도직입적으로 돌진한 것은 바로 이 때문이었다.

휴전이 되고 나는 내 고향 미디로 돌아왔다. 세트 지방과 교역하는 포도 농사꾼들이 재산 소유가 불분명한 틈을 타 급히 지은 건물들, 포도밭 한가운데 기절한 듯 버려진 미국산 재고품들을 제외하고 달라진 것은 아무것도 없었다. 가까스로 동원 해제 수당을 받고 개를 산책시킬 여유가 생겼다. 뜨거운 라틴의 태양 아래, 나의 미덕이자 내 가족들의 미덕이기도 한 낡은 위그노의 미덕을 화장하는 이 요새화된 도시의 순찰로에서 개를 산책시켰다. 또한 청년 시절에 품었던 꿈과 야망, 인생을 시작하면서 가졌던 모든 생각들을 되찾을 여유도, 우리 모습을 새겨 둘 틈도 주지 않고 서둘러 달아나려는 세월을 두려워할 여유도, 그리고 내 운명에 박차를 가하여 마침내 평화에 안착하기를 열망하는 여유도 생겼다.

신당의 당원을 선출하는 선거에 뛰어든 나는 의회에 입성하고 위원회에 들어갔으며 예상치 못하게 (나의 고무 지팡이 때문에) 한 계파의 수장이 되고 차관 자리에까지 올랐다. 파리를 알아볼 시간도 없었다. 파리를 깔보고, 그리고 이젠 아무것도, 아무도 모르는 지하실도, 문 닫은 살롱도, 지방이 제거되지 않은 1리터들이 우유도, 즐길 수 있는 섬세한 기쁨도, 임대 아파트도, 친해지고 싶은 파리 사람도 없다는 사실을 막연히 느낄 시간만 남아 있었다. 나는 몇몇 저녁 모임에 참석하곤 했다. 금박으로 장식된 방에는 갑갑한 의자를 견디지 못한 몇몇 남녀가 발 사이에 유리잔을 내려놓은 채 붉은빛이 나는 우스꽝스럽게 생긴 방음용 대형 쿠션들이 놓인 매트리스 위에 나란히 누워 있었다. 젊은 아가씨들은 춤을 추느라 흘린 땀으로 번들거리는 겨드랑이를 드러낸 채였다. 그녀들은 끊임없이 웃거나, 그들만 아는 암호 같은 언어로 대화를 나누다가, 사이펀에서 분출하는 피식거리는 소리를 뚫고 "쉶증 나는 것은……" 하고 소리를 내지를 때만 하던 동작을 멈추었다. 나는 도시의 이런 위험에 대한 나의 무관심을 기억하고 있다. 위험한 사람들과 책들이 나의 금욕적인 젊은 시절을 유지하게 해 주었었다. 입법부에서 근무하던 초기, 대학로에 위치한 가구 딸린 내 방에서 나는, 마치 고인을 기리기 위해 늘 식탁에 그의 식기를 차려 두는 집에 있는 것처럼 이곳 파리에서 벌어지는 비극적인 코미디를 비웃곤 했다. 사람들은 관례적인 몸짓들, 말장난들, 떼었다 붙였다 하는 칼라, 남들은 모방할 수 없다고 생각한 일화들을 끊임없이 반복했지만, 그러나 실상 아무것도 없었다. 독일놈들이 이 도시를 폭파했을 때만큼 모든 것이 먼지가 되어 버렸다.

나는 새벽 5시에 자주 잠이 깨곤 했다. 전쟁 때 생긴 습관이었다. 국토건설부 대리석 보관소의 새들이 아침마다 괘종시계처럼 규칙적으로 큰 소리로 울어 대며 보고 책임자라는 내 임무를 경쾌하게 일깨웠다. 나는 파이프를 입에 문 채 침대에서 일을 했다. 경박한 수도, 시샘 많은 사람들, 무질서한 행정을 이겨 내리라 다짐하곤 했다.

나는 드뉘즈를 생각하기 위해 내었던 7분을 나를 생각하는 데도 할애한다. 그것은 규칙이다. 습관적으로 나는 먼저 종을 울려 개인 비서인 윌리엄을 부른다. 그는 님에서 나와 같이 프로테스탄트 신학교를 다닌 오랜 동료이기도 하다. 그런데 그가 답이 없다. 아마도 아직 의회에 있는 모양이다.

그래서 이번에는 종을 쳐서 비서 실장을 부른다. 그는 집의 나무 내장재를 따라 칸막이까지 그다음에는 서류 정리함과 탁자를 거쳐 눈에 띄지 않는 곳으로만 내게 달려오는 생쥐 같은 사람이다. 말이 없는 그는 가만히 있다. 그러나 경련이는 그의 작은 눈에서 뛰어난 행정력을 느낄 수 있다. 그는 나를 윌리엄처럼 영감님이라 부르지 않고, 내 얼굴에 카포랄 담배 연기를 내뿜지도 않으며, 안락의자의 팔걸이에 앉지도 않는다. 그는 인사과에서 내게 보내 준 사람으로, 피부는 불그스름하고, 첨삭하는 동작이 몸에 익숙하게 배어 있는 사람이다. 정치인과 관료를 갈라놓는 심연이 있는데 그는 그 심연 위에 놓인 유연한 인도교 같은 존재다. 그는 내가 그의 힘든 처지를 이해해 주기를 원한다. 그는 매우 섬세하고 인내심이 강하며 예의도 바르다. 정확하고 성실하며 정에 휘둘리지 않아서, 모든 업무가 그에게는 내게 영향력을 행사하는 기회가 된다. 가령 서류도 없이 전화로 던지는 암시나 텔레파시를 통해 넌지시 처리되는 업무들, 행정부서들 간의 은밀한 난투극, 밀려나는 방문객들, 반면 각별한 대우를 받는 납세자들의 방문, 은밀하고 직관적으로 이루어지는 노골적인 통신 통제, 극동아시아의 미묘한 예법처럼 암묵적으로 지켜지는 의전, 내게 주어진 몫의 권력의 은밀하거나 장식적인 사용 등.

고개를 든다. 가죽 방음문의 바람 빠지는 소리 외에 아무 소리도 없이 부서의 모든 부장들이 직급에 따라 일렬로 줄을 서서 비서실장 뒤를 따라 들어온다. 호시탐탐 나를 노리면서 그들이 나를 에워싼다. 증오 내지는 사랑 같은 극단적인 관계로 맺어진, 수년간의 공동생활로 긴밀해진 그들은 이 휴전을 마음껏 즐기고 있다. 이렇게 나를 방문하는 것도 그들에게는 일종의 휴식이다. 무미건조한 그들의 목소리 속에서 웅변투의 굵은 내 목소리만 도드라진다. 그들은 모로코가죽으로 만든 서류가방에 내가 서명해야 할 서류를 잔뜩 넣어서 가져온다. 그들은 하루 온종일 쥐어짜 낸 그들의 생각을 시선을 사로잡는 형식에 담아냈다는 것으로 만족스러워한다. 흰 여백을 많이 주어 빽빽하지 않고, 앞 페이지 끝에 다음 페이지의 첫 단어를 기입하여 내용을 파악하기 쉽게 보완하며, 국제관례에 맞추어 장식한 제일 위에 대서특필한 징집이라는 글자가 빛을 발하는 타자 원고다. 그것은 얼핏 보기에 통상적인 업무 사본이지만, 이면에는 편파적인 해석이나 간절한 해법들이 곳곳에 숨어 있다. 내가 반대하면, 나에게 복안이 있다고 생각하면 그들은 전투를 개시하지 않고 시간을 번다. 그리고 배가 바람에 저항하며 지그재그로 항해하듯이 다음 사무실까지 복도를 따라 또는 앞 사람을 따라 사라진다. 그 반대의 경우라면 나는 기분 좋게 펜을 잉크에 적시고, 그들은 웃으면서 슬그머니 서명해야 할 서류 한 장을 내밀고 이어 서둘러 다음 장을 내놓는다. 내가 방심하거나 피곤해하기를 기대하면서, 슬쩍 자석이 끌고 가기라도 하는 듯 내 손을 서류 쪽으로 이끌기도 한다. 그러고는 그들이 사랑하고 또 그들을 사랑하는, 수천 개의 문이 달린 괴물 같은 그들의 행정부에 자신들이 차려 놓은 깐깐한 음식에 만족하면서 뒷걸음질로 물러난다. 그 괴물은 그들의 주름진 손이 가져다주는 음식만 받아먹는다.

찰카닥 소리가 들린다. 내 뒤로 작은 니켈 문이 마호가니 탁자 위로 내려오면서 '프랑스 하원'이라는 글자들이 보인다. 이사회 의장국에 근무하는 나의 동료 코르네다. 그는 내게 폐회가 선언되었고, 9시가 되어서야 다시 열린다고 알려 준다. 우리는 라뤼의 집에서 저녁 식사를 한다.

춘분. 때 아닌 바람이 불어 식욕도 돋우고 유머도 돋우고 인터뷰에 응할 욕망도 불러일으킨다. 모두가 각자 그 바람에 실려 오는 맑은 공기를 한껏 들이킨다. 서머타임은 인위적으로 낯을 조금 더 젊게 만든다. 교태 부리는 늙은 여인의 계략 같다고 할까. 지금이 파리에서 많은 여인들이 사랑하지도 않으면서 옷을 벗고 많은 남자들이 옷을 벗지도 않은 채 사랑하는 순간이다. 콩코르드 광장이 모습을 드러낸다. 그것은 유프라테스 강, 정원들, 오벨리스크, 느브갓네살 왕궁의 바빌론이다. 세상은 눈물의 계곡, 요컨대 잘 관개(灌漑)된 눈물의 계곡이다.

오늘 나는 행운을 가져다줄 정장을 입었다. 5년 된 옷이다. 내가 힘들 때, 무슨 일이든 다 잘되게 해 준다. 좀 낡긴 했지만 행운을 가져다준 옷과 헤어지지 않는 것은 당연하다……

루아얄 거리. 내가 탄 승용차는 속도를 바꾸려고 천천히 달리는 다른 자동차와 교차로에서 마주 보며 지나갔다. 무료하던 차라 나는 그 차를 바라보았다. 차 안에는 세 사람이 타고 있다. 가운데에 배우처럼 잘생긴 젊은이가 앉아 있다. 그는 가슴으로 서로 입맞춤을 하는 두 여인을 받쳐 주고 있었다……

오늘 저녁에 뒤프레가 좀 전에 그의 자리에서 협박했던 대정부 질문을 의장의 다리 사이로 던져 버린다면, 그에 대한 토의를 나중으로 연기하라고 요구만 하면 된다. 그리고 날짜를 잡지 않는다. 회의 밖에서 내무부 장관과 합의해 달라고 그에게 부탁하고, 그다음에는 그 사안이 사람들의 관심에서 멀어질 때까지 길게 끌면 된다.

……한 여자가 친구인 다른 여자의 얼굴을 손으로 감싸

쥐고 그녀에게로 고개를 숙인 채, 강아지 주둥이를 잡고 그 입에 물약을 주입하듯이, 그녀의 입술에 긴 쾌락을 흘려 넣고 있었다. 오페라 이후 이렇게 계속되었던가?

나는 이 장면을 파리에서 볼 수 있는 수많은 미친 광경의 하나로 간주했을 수도 있다. 그 장면을 외면하고(사람들은 대체로 외면한다.) 웃으며 "no man's land(무인지대군)!"라고 말하고, 옆 사람에 말을 넘기고, 나 자신은 적당히 얼버무리고, 너그럽게 넘기면서, 잊어버리는 거다. 하지만 그 장면에 타격을 받았다면? 마치 총알이 뚫고 지나간 것 같다면?

우리 집에서 간식을 먹던 드뉘즈가 비서의 서랍에서 옛 친구인 여자들의 사진을 발견했던 그날이 머리에 떠오른다.

"예쁜 여자들이 많군요." 그녀가 말했다.

낭만주의적으로, 나는 그녀에게 그 사진들을 찢으라고 제안했다.

"절대로 그런 짓은 하지 마세요. 아님 그 사진들을 내게 주세요. 난 이렇게 아리따운 여인들을 바라보는 게 즐겁거든요."

라뤼의 집에서 코르네는 나를 기다리고 있었다. 그는 "배가 고파 쓰러질 지경입니다."라고 말하면서, 짙은 색 바지 차림으로 분홍빛 인형 쿠션 위에 걸터앉아 포크로 손톱을 다듬었다. 그는 나쁜 소식들을 내게 알려 줄 필요가 없었다. 왜냐하면 종업원 한 무리가 평평하게 펼쳐진 식탁보 위에 오르되브르를 차리는 동안, 의회 출입 기자들이 현관에서부터 종려나무 아래까지 서서 비관적인 소식들을 사고팔고 있었기 때문이다. '체르마트의 배신이다.' '그는 알제리 통치를 약속받았었는데.' '민주주의 좌익 정당과 자유 동맹의 유대는 끊어지고 내각의 세 의원이 표면상 화해를 준비한다.' 등등.

"오늘 저녁에 투표한다면 250표, 최대 280표요. 의장이 가만있지 않을 것입니다. 게다가 지금은 사람들이 누가《새벽》의 기사에 언질을 주었는지 알고 있으니……"

코르네가 손으로 위쪽을 가리키며 아주 높은 곳에서, 환풍기와 개인 사무실보다 훨씬 위로부터 내려온 것이라는 신호를 했다.

크림색 양쪽 차양 사이로, 마들렌 성당과 양쪽 팔에 든 꽃바구니 같은 부근의 비에 젖은 시장이 어슴푸레하게 눈에 들어왔다. 극장의 경영진 세 명이 우리 옆에서 저녁 식사를 하고 있었다. 붉은 고추로 후려치기라도 한 듯 불그스름하고 이마에 누런 얼룩이 있는 그들은 계약금 액수를 부르고 있었다. 우리와 친분이 있는 라비상 그리그리가 파고다 탑처럼 입꼬리를 올린 채 웃고 있었지만, 그 미소 아래 고통스러운 생식기와 지루해진 심장을 감춘 채 그들을 예의주시하고 있었다. 그녀는 연골 없는 코에 물렁물렁한 손톱을 가진 젊은이들에게 꽤 인기가 있는, 생리를 하는 저 대규모 이주민 여성 집단의 일원이었다. 몰지각한 미국인 여행객들이 옥수수를 통째로 들고 먹고 있었다.

장미 문양의 양탄자 위로 종업원들이 열심히 턱을 놀려 음식을 씹어 대는 저 멍청한 사람들 사이를 미끄러지듯 움직이는 소리가 들렸다. 치과의사들이 150킬로라고 추산한 턱의 압력 아래 날짐승의 가냘픈 몸들이 으스러졌다. 소화력도 좋고 정력도 좋은 코르네는 편안한 부츠 차림으로 거울을 통해 머리가 잘 손질되었는지 보고 있었다. 입안의 음식물 덩어리 때문에 억눌린 목소리로 그는 예측 불가능한 것들에 대해 말했고, 저녁 식사 이후의 몇몇 양도 계약을 조건으로 모두 사회 질서의 미래 보장을 목표로 한 세부 사항을 보고했다.

그는 30년 전부터 아스팔트 위를 굴러다니던 파리의 낡은 단어들을 주워 모아서는, 농가에서 들었다면서 농민의 말투를 덧입혔다.

그는 장관들의 체력이 고갈되는 데 신경을 많이 썼다.

"베크는 정신 병원에 있소, 쿠르투아는 화를 자주 내고. 보베가 왼쪽 다리를 질질 끌며 걷는 것을 보았소?"

제1바이올린 주자가 악기로 몸의 균형을 잡으며 우리에게로 다가오더니, 갑자기 우리의 과일 잼에 부드러운 왈츠곡을 쏟아부었다. 나는 더 이상 그곳에 머물지 않았다. 회의가 다시 열리기 전까지 아직 30분 정도 시간이 남아 있었다. 제복을 입은 종업원이 되돌아와 내게 "와그람 포도주가 있습니다."라고 말했다. 나는 드뉘즈를 만날 수 있으면 내각은 무사하리라는 예감이 들었다.

코르네의 설명을 들었음에도, 나는 왜 의회가 푸드레의 예정 안건을 달가워하지 않았는지 이해가 되지 않았다. 매우 명료하게 작성된 것이었고, 오늘 아침 우리가 회의에서 만장일치로 통과시켰던 것이었다. 어찌되었건 회의에서 돌아오면 의장이 그럴 작정이라고 사람들이 말하듯, 갑작스럽게 신임 문제를 제기해서는 안 될 것이다.

내가 세상에서 가장 사랑하는 것은 드뉘즈다. 그녀는 나를 파리와 화해시켜 주었다. 그런 마음을 불러일으키는 도시라면 사람들이 감동을 받을 만도 하다. 나는 그날 저녁을, 그 계단을 결코 잊지 못할 것이다. 그녀를 집에 데려다주는 길이었다. 자동 타이머가 작동을 하지 않았다. 어둠 속에서 그녀가 내 손을 잡았다. 코안경에 닿을 정도로 얼굴을 가까이 대고 그녀는 "당신은 아주 반듯하고 귀여운 여인을 만나고, 그녀를 가지게 될 거예요."라고 말했다.

그녀의 방. 나는 누워 있는 그녀를 발견했다. 비노 대로는 눈 내린 뒤의 도시처럼 고요했다. 가운데 부분이 부풀어 오른 누빈 침대 덮개가 그녀의 몸을 겨우 가리고 있었다. 그녀에게는 어떤 아름다운 드레스보다 침대가 잘 어울렸다. 침대보의 빛이 반사되어 그녀의 얼굴에 생기를 불어넣었다.

말제르브 대로에서 보낸 어느 날 저녁도 떠오른다. 식료품 가게 포탱은 문이 닫혀 있었다. 요람 같은 작은 화분에 파인애플들이 늘어서 있었다. 우리는 의자에 앉았다. 나는 그녀에게 청혼했다. 그녀는 그럴 필요를 모르겠다고 대답했다.

나는 내 생각을 짧게 말했다.

"누군가 앞에서 당신 이름을 말하려 해도 입 밖으로 나오지가 않소. 입안에서만 맴돌고."

상점들은 아침이면 피었다가 저녁이면 지는 꽃 같았다.

"나는 신문에서 당신 이름을 보면 귓불이 뜨거워져요." 그녀가 말했다.

물속에서 피어나는 아니스처럼 그녀의 눈이 아슴푸레해지는 것을 보고 그녀가 나를 사랑하고 있음을 느꼈다. 그녀의 시선은 토시에 머물러 있었다. 지평선 위로 구름이 춤을 추듯이 움직였다.

"시작하는 것들을 위하여!" 내가 외쳤다.

드뉘즈는 비밀이 많고 자존심이 강하며 길들여지지 않는

사람이다. 성서에 나오는 봉인된 샘, 닫혀 있는 원천 같다. 하지만 모든 정황으로 볼 때, 그녀가 내게 애착을 가진 것은 분명하다. 내가 언급할 수 있는 확실한 증거는 처음으로 그녀를 울렸을 때 내가 느꼈던 쾌감이다. 나를 밀쳐 내며, 손가락을 입술에 대고 내게 "점잖게 굴어야죠!"라고 말하는 그녀의 태도도 그렇다.

(수줍어할 때나 더 이상 수줍어하지 않을 때나 여자에게 수줍음은 매우 잘 어울리는 것이어서, 수줍어하지 않으려는 여자를 상상하기 어렵다.)

나는 모든 것을 다 가진 이곳 사람들처럼 회의주의자는 아니었다. 나는 과거 그 누구보다 격렬하게 그리고 순진하게 나의 행복을 따 모으고 있었다. 오늘날에는 하나님이 우리를 방문하시는 일이 거의 없다. 그런데도 우리는 7년 전부터 피부터 아직 덜 익은 샤르트르 수도원의 술까지 그에게 바쳐 왔다. 그러나 하나님은 우리를 방치하고 있다. 이제는 내가 여자들을, 반쯤 열린 긴 항아리 같은, 매우 뜨거운 큰 어린아이 같은 여자들을 하나님에게 봉헌할 차례다.

드뉘즈의 집은 아주 우아하고 매우 친밀한 느낌을 주었다. 피스타치오 빛깔의 줄무늬 벽지. 담황색 양탄자. 루이 16세가 섬세하게 조각된 벽. 레이스 전등갓. 갈레산 꽃병. 나의 고모 에마의 집처럼, 도처에서, 가장 자리 술 장식에서, 손으로 뜬 문양에서 여자의 손길이 느껴졌다. 그녀가 즐겨 입는 연보랏빛은 나를 완전히 뒤흔들었고, 앞자락이 풍성한 그녀의 블라우스는 여며진 적이 없었다. 무엇보다 나는 그녀의 시선에 집착했다. 우리가 사랑을 나눌 때, 나는 그녀에게 눈을 크게 뜨라고 했다. 매우 기묘한 순간. 그때까지 우리의 눈은 자기 앞만 바라본다. 그러다가 갑자기 눈이 확장되면서 내면의 심연을 향해 열린다. 이어서 우리는 라오콘[33]처럼 몸을 뒤틀며 혼자 격정에 빠진 낯선 사람을 품에 안을 뿐이다.

로비에 있는 저 라오콘, 그가 체제의 위기를 간파했으니……

드뉘즈는 졸고 있었다. 정치는 그녀를 지루하게 하기 때문이다. 우리가 서로에게 반드시 해야 할 말은 없었다. 나의 어머니는 5월 16일 이후로 내무부 장관들의 이름을 모두 외우고 있는데……

나는 드뉘즈(그녀는 자기 이름에 y를 넣었다. 그녀는 어디에나 y를 붙였다. 그녀는 호텔 기념품에도 "사부와이, 노르망뒤 방문"이라고 썼다.)에게 그녀를 나의 지역구로 데려가고 싶은 이유를 설명했다. 그녀는 저녁마다 설교가 끝난 뒤 마을에서, 선거용 아페리티프를 나와 함께 마실 것이다. 접시를 나르는 소리가 들려온다. 뾰족한 끝을 위로 하고 쇠스랑을 든 농민들이 집으로 돌아온다. 스튜에서 김이 피어오른다. 우리는 하루 종일 낫으로 짚단을 벤 일꾼들, 하이파 대농장주의 선동원들과 함께, 보도가 돌차기 판과 절름발이 고양이들, 깨진 달걀로 뒤덮인 외길에서 술을 마신다. 뼈다귀를 물고 우리를 앞질러 가던 내 개가 뼈다귀를 바닥에 내려놓고 우리를 향해 짖는다.

"그렇게 발을 동동거리지 마세요. 온 집안이 흔들려요."

33 트로이 전쟁 때 그리스군의 목마가 트로이에 입성하는 것을 반대한 트로이의 제관으로, 바다의 신 포세이돈이 두 마리 큰 뱀을 보내 그와 두 자식을 고통스럽게 죽게 했다.

그녀가 말했다. "마치 마차에서 잠을 자는데, 점등원들이 당신 머리 위로 걸어가면서 잠을 깨우는 것 같아요. 침대도 흔들지 말아요."

나는 아무것도 하지 않고, 아무 말도 하지 않고, 아무 생각도 없이 시간을 보낼 수 있는 그녀의 능력에 탄복했다. 나는 꽤 달변이었다. 그녀는 책을 많이 읽었지만 책에 대한 기억은 거의 없었다.

나는 그녀에게 우리가 결코 헤어지지 않을 것이라고 말했다. 내가 의장이 되면, 왜 내가 저녁마다 9시쯤이면 자리를 비우는지 모두가 알게 될 것이다. 나는 오랜 여자 친구의 집에 갈 것이다. 나는 양원 합동 회의를 주재할 테고, 거기서 전쟁이 결정될 것이다.

"그럼 내버려 둬. 계획을 세우지 마, 아무 짝에도 쓸모가 없을 테니."

내가 즐겁게 그녀 생각을 할 때, 오른쪽에 그녀가 보인다. 하지만 우울한 내 모든 망령들이 왼쪽에 등장한다.

드뉘즈는 불안해 보였다. 더는 내 말을 듣고 있지 않았다.

"무슨 생각 해?"

기습적으로 나는 그녀를 따라 그녀의 생각 속으로 들어가려 했다.

처음에는 당황하여 부끄러워하면서, 그녀는 아무 대답도 하지 않았다. 곧이어 말했다.

"꿈을 꾸고 있어요. 몽상에 잠기면…… 서로를 밀치고 등장하는 저 이미지들, 부르지 않아도 떠오르는 여러 이미지들이 정말 재미있어요……"

때로는 거침없이 말했다.

"지금 나는 말과 바다거북 껍질로 만든 내 빗을 생각하고 있어요."

어쨌든 그녀는 내게서 벗어나려는 것 같았다. 하는 말마다 그녀가 내비치지 않는 숨은 추억이 느껴졌다.

"당신은 무슨 생각 해요?"

나도 더 이상 솔직하게 말하지 않는데, 다른 이유가 있어서였다.

"조국과 인류에 대해 생각하고 있소."

그때 누군가 초인종을 울렸다.

"오늘 저녁에 누구 기다리는 사람이 있었소?"

"아니요, 아무도……. 자동차 소리도 안 들렸는데…… 아마도 이웃에 사는 로랑스가 나를 만나러 온 것 같아요. 가끔 와요, 알다시피 다음 날 아침에 수술이 없을 때면……"

물론 로랑스였다. 우리는 드뉘즈의 친구들이었고, 그래서 무의식적으로 서로의 적이었다. 운명이 우리가 절대로 마주치지 않도록 잘 조정해 주었지만, 그래도 우리는 다 알고 있었다. 더 정확히 말하면 그녀가 나의 행동 방식을 잘 아는 것 같았다. 반면 나는 그만큼 그녀의 행동 방식을 잘 알지는 못했다. 그녀의 방식은 언제나 나를 불안하게 하고 기분을 상하게 했다. 적은 몸을 잘 숨기고 있는데, 나는 완전히 노출된 장소에서 적의 염탐을 당하는 느낌이랄까. 한 여자에 대해 한 남자가 품을 수 있는, 다른 여자는 이해할 수 없는 감정이 있을까? 나는 로랑스에 대한 드뉘즈의 우정이 무엇인지 짐작조차 되지 않았다.

신비스러운 선을 가진 이해하기 난해한 얼굴의 로랑스는

나를 당황시켰다. 그녀의 매력은 그녀의 강점, 외과 의사라는 그녀의 명성에서 나왔다. 드뉘즈는 그녀의 삶을 모범으로 삼고, 그녀의 정신 구조를 모두가 기꺼이 알아 둘 만한 귀감으로 여겼다. 지나치게 지혜로운 태도, 희생자연하는 부자연스런 태도, 꽉 다문 입술. 그녀는 자신의 탁월한 능력과, 쾌락을 경원시하고 결코 실수하지 않는 판단으로 사람들을 깜짝 놀래기를 좋아했다. 또한 남들에게 냉정한 태도를 유지하기 위해 스스로 엄격하다는 말을 자주 하곤 했다. 마지막으로 타인의 고통을 즐기는 취향이 좀 있는데, 외과 의술에서든 우정에서든 그 취향이 언제나 나를 오싹하게 했다.

드뉘즈는 로랑스를 친자매처럼 사랑했다. 여름에는 휴식을 취하기 위해 브르타뉴에 있는 로랑스의 집으로 갔다. 돈을 빌리는 사람도 그녀였고 매일 저녁 7시에 전화를 하는 사람도 그녀였다. 그녀가 거래하는 은행가, 그녀의 담배, 글씨체, 저녁을 거르는 습관, 풍성한 몸짓과 억양도 로랑스 덕에 갖게 된 것들이었다.

로랑스는 케이프를 내려놓고, 드뉘즈에게 몸을 숙여 그녀를 포옹했다. 한쪽이 두른 숄의 술이 다른 사람의 브로치에 걸려서 둘은 한동안 붙어 있었다. 바로 그 순간 나는 조금 전에 루아얄 거리에서 마주쳤던 자동차 생각이 났다. 보이지 않는 한 사수가 쏜 보이지 않는 총알이 내 머리를 관통했다. 한 남자가 한 여자에게 자신을 표현하는 원시적이고 야만적인 모든 동작들은 이 내밀한 관계에 비하면, 다시 말해 두 여자가 서로를 알아보고 서로를 사랑하게 되는 이 의식에 비하면 대체 무엇이라 할 수 있을까? ……이런 평온한 태도로, 그녀들은 눈부시게 나를 물리친 것인가? 드뉘즈가 내가 주는 도움보다 달콤한 것이 필요하다는 열망에 사로잡히면, 그녀의 애정은 저 회색 머리카락으로, 종려나무와 레지옹 도뇌르로 장식한 저 우울한 케이프로 향하는 것일까? 치유법을 알지 못하는 병이 접근해 오는 것을 직감했지만, 나는 무시하고 싶었다.

10시였다. 더 오래 머물 수가 없었다. 로랑스가 오는 바람에 나의 작별 인사는 망가졌다. 그녀가 침대 아주 가까이에 자리를 잡았기 때문에, 나는 그녀들 사이로 미끄러져 들어가 겨우 드뉘즈의 손가락 끝만 잡을 수 있었다. 더는 마음대로 할 수 없어서 — 그녀는 눈으로 내게 그러지 말라고 간청했다. — 나는 깍듯이 격식을 차렸다. 그렇게 한 데 대해 그녀가 추후에 보답하리라고 생각했다.

"의회에 새로운 일이 생기면 전화 준다고 약속해요, 그렇지 않으면 나는 자제력을 잃고 말 거예요…… 우린 친구니까……"

나는 이제 이곳에 다시 오지 않을 것이다. 나는 의지가 매우 강한 사람이다. 나는 지금까지 어떤 여자에게도 굴복한 적이 없었다. 드뉘즈는 내게 그럴지도 모른다는 두려움을 일으킨다. 그녀에게 로랑스를 집에 들이지 말라고 요구했어야 할까? 내가 진지하게 믿지 않는 것은 단지 단화를 신은 저 나쁜 수녀만이 아니다…… 하지만 드뉘즈는 너무도 소박하고 겸손해서 누군가 그녀의 아름다움에 찬사를 보내면 그녀의 첫 행동은 보답의 선물을 하는 것이다. 자신의 진주도 내어줄 정도다…… 그런데도 그녀의 목걸이는 점점 많아지는 것 같다. 로랑스의 목걸이는 줄어든다. 그녀에게 내 생각을 어떻게 설명해야 할까……? 나는 강한 남자이지 교활한 남자가 아니다.

"사람들이 받아들일 수 있겠습니까, 이런 명백한 결탁, 이 은밀한 내통 앞에서, 공개적으로 밝히지는 않지만 어쨌든 명백한 이 결탁의 목표가 이미 진가를 발휘한 사회 질서를 무너뜨리고 대체하려는 것임을……"

스튜 냄새가 진동하는 가운데, 자기 계파의 이름으로 불신임 투표를 해야만 하는 이유를 늘어놓는 롱그마르의 불규칙하고 단속적인 언변을 쫓아가느라 타이피스트들은 셔츠가 젖을 정도로 진땀을 흘렸다. 방청석은 가득 차 있었다. 저녁 식사가 끝나자마자, 예복을 차려입은 대사들과 가슴팍을 드러낸 여자들이 우르르 들어왔다. 철문에서부터 설치되어 있는 저 모든 조명들, 앵발리드 역까지 늘어선 자동차들, 가로등 아래에서 《앵트랑》[34] 3호를 읽는 운전기사들, 담배 가게 주변의 사람들 표정이 흐릿해 보일 정도로 짙게 내려앉은 안개, 평화의 방에서 회의가 잠시 중단된 사이에 작성된 각 계파의 그날 의제를 베껴 전화로 불러 주는 기자들 — 부랑자들, 늙은 학생들, 여자 특파원들 — , 이 모든 것이 현재 상황이 얼마나 심각한지를 말해 주었다.

충분히 박수갈채를 받고 롱그마르가 내려오자, 이어서 의장이 연단에 올랐다. 구부정한 허리에 눈가 그늘이 짙은 그는 포타주 얼룩이 남은 넥타이를 매고 있었는데, 많이 지쳐 보였다. 그는 평소답지 않게 무뚝뚝하고 건조하고 신경질적인 목소리로 말했다. "공화주의 계파들의 전적인 신뢰를 얻지 못한

34 1880~1948년에 걸쳐 파리에서 발간된 프랑스 일간지. 비타협을 뜻하는 intransigeant을 줄인 말

다면 그는 바로 오늘 저녁에라도 떠날 것입니다."

그는 완전히 풀이 죽었다. 그 모습이 발아래 놓인, 소리 나지 않는 트럼펫을 입에 물고 적갈색 하늘로 날아오르는 득의양양한 황금빛 승리의 조각상들과 대조를 이루었다. 저녁 식사 이후 창백해진 햇빛이 벽에 걸린 알레고리 그림들만큼 희끄무레한 머리들 위로 쏟아져 내렸다. 의회 의장이 마치 선체의 물구멍을 걱정하기라도 하는 듯이 난간 밖으로 몸을 숙였다. 무겁게 짓누르는 의례적인 행사의 진실과 만족감이 명확해지고 있었다. 그 탁한 공기 속에서 투표를 실시할 참이었다. 경고문을 유포하고 서로를 격려했다. 기권을 표명한 당원들 다수는 자리를 피했다. 표의 집계를 확인하기 시작했다.

그래도 드뉘즈는 매우 다정한 사람이다. 배려심도 많다. 간혹 그녀는 내게 전화를 걸어 와서 "당신 기분이 좋아진다면, 지금 옷을 벗을 수도 있어요."라고 말하곤 한다. 또 이해심이 많고 착하다. 나는 그녀가 나를 사랑한다는 것을 알고 있다. 지금까지 나는 화를 낼 일이 없었다. 난 의지가 강한 사람이어서 생각 없이 닥치는 대로 행동하지 않는다. 그래서 나는 그녀가 다음 날 아침 일찍 받아 볼 수 있도록 짤막한 편지를 한 통 썼다.

친애하는 드뉘즈, 내가 도착했을 때 당은 패배했소. 나는 개입할 수가 없었소. 내일이면 나는 분명 자유의 몸이 될 거예요. 나와 함께 모로코로 떠나겠소? 캠핑카를 살 생각이에요.

텅 비었던 복도에 다시 사람들이 몰려들었다. 반대 282표대 찬성 317표로 롱그마르의 의제가 채택되었음을 알리자, 내각은 사표를 제출했다. 웅성웅성 소란이 일었다. 가늘게 종소리가 울렸지만 이내 묻혔다. 코르네의 말소리가 들렸다. "여러분은 어리석기만 한 게 아니라 비열하기까지 하군요. 해산!"

의장은 일어나서 가죽 가방을 들고 반원형 계단식 회의실을 가로질러 걸어갔다. 우리는 그의 뒤를 따랐다.

"내가 원한 것은 회의의 과반수가 아니라 나라를 통치할 수 있는 사람 과반수요." 그가 말했다.

당장 그날 저녁에 엘리제 궁으로 가기에는 시간이 너무 늦었다.

이제 우리 주변은 한산해졌다. 사진사들은 찍은 사진을 현상하러 갔다. 친구들이 다가와 건성건성 우리와 악수를 나누면서, 레지옹도뇌르 훈장을 받을 수 있도록, 또 세무직을 얻을 수 있도록 자신의 친지들을 추천했다. 녹색 등불 아래에서 속사포처럼 쳐 대던 타자기들이 멈추었다. 계단 아래쪽에서는 별빛을 받으며 나이 든 몇몇 인사들이 옷깃을 세우고 입에 손수건을 댄 채 공화국 대통령이 내일 아침 자신들을 부를 것이라고 넌지시 일러 주고 있었다.

나는 모자를 손에 든 채 걸어갔다. 이제 머리숱이 별로 많지 않아서 서늘한 밤공기가 그대로 느껴졌다. 잠들고 싶지는 않았다. 나는 조용히 자리를 빠져나왔다. 1시였다. 동네 전체의 등이 한꺼번에 꺼졌다. 경찰이 아스팔트 위를 한가로이 거닐고 있었다. 나는 신경병이 도지는 낌새를 느꼈다. 최근 신경병이 자주 발생했기 때문에 겁이 났다. 혹시 상처나 과도한 업무 탓일까? 간혹 심각한 장애가 발생하기도 했다. 나는 생각했다. 내가 잘 관리하겠지만, 내 신경이 나를 따라 줄까? 나는 걸으로 건강해 보일 뿐이었다. 내 기억력은…… 내일은 체내에서 당이 생성되지 않는지 알아보아야겠다. 일흔인 내가 기차에서 하룻밤을 보내고 회의를 주재할 수 있을까? 우리의 조상은 단 한 번의 주조로 만들어졌다. 시골에서 오늘같이 아름다운 저녁을 하루만 보내도 나는 평정을 되찾을 것이다. 예전에 나는 떠들썩한 개구리 소리를 들으며 습한 도랑 사이로 달빛이 내린 길을 걸어 집으로 돌아오기를 좋아했었다. 도시의 밤들은 향이 진하고 칙칙한 빛깔을 띤, 복통을 일으키는 송로버섯 같다.

고통이 내 집에 제 식탁을 차렸다……

고등학교 다닐 때 내가 지었던 시의 한 구절이다. 그 시가 떠올랐다. 나는 이 시 구절의 뜻을 깊이 새겨 보며 감상에 젖었다. 나는 글을 썼어야 했다. 다시 비노 거리로 돌아갈까? 로랑스는 아직 그곳에 있을까? 만약 그가 남자였다면 내일 그녀를 찾아가서 한마디 해 줄 텐데. 아마도 밤을 지새우겠지? 드뉘즈는 잠들어 있는 제 손을 누군가 잡아 주는 것을 좋아했다.

나는 다시 청사로 돌아왔다. 경비원은 벨벳 소파 위에서 코를 골며 자고 있었다. 내 책상은 뒤죽박죽 어지러웠다. 다시 여기 초인종과 고무도장들. 양탄자 위의 구겨진 종이들, 잘린 봉투들이 잔뜩 흩어져 있다. 창문을 따라 길게 매달린 나팔꽃 모양 보청기 마개를 열고 입으로 불었다. 아무도 대답이 없다. 유권자와 친구와 미치광이 들이 보낸 편지들, 초대권, 염가 판매 상품 목록들. 나는 좀 전에 내가 흥분해서 달아 둔 주석들을 보고 웃었다. 숫자들, 물음표들. 모두 다 치워 버렸다. 내가 여기 처음 도착했을 때 발견했던 하찮은 작업 도구들이 하나씩 눈에 들어왔다. 내일이면 깨끗이 치워진 탁자 위에서 내 후임자는 가장 먼저 풀통, 가위, 바늘꽂이, 이 도구들을 마주칠 것이다.

나는 열린 금고 앞에서 오랫동안 계산을 했다. 내일 아침부터는 현금을 사용해야 할 것이다. 수표책의 원부 덕분에 나는 10개월 동안 내가 일한 행정 부서를 되돌아볼 수 있었다. 얼마나 많은 교섭과 음모와 방문과 약속이 있었던가! 과연 뭔가를 이루고 후대에 남기려는 것이라면, 다시 말해 더 행복한 나라, 안정된 재정, 불편과 증오의 감소……

나는 애써 다른 생각을 해 보려 했다. 에로틱한 추억들이 암모니아처럼 눈을 찔렀다. 나는 창가로 다가갔다. 검은 잔디밭 위에서 알레고리 조각상들이 명백한 의문들을 던지고 있다. 나 자신이 너무나 가난하고 너무나 나약하다고 느꼈다.

큰 손전등을 든 소방 순찰대가 내 사무실로 들어왔다.

산레모, 1922.

퍼트니의 밤

장밋빛 플란넬 셔츠를 입은 새까만 흑인이 당신에게로 몸을 숙이고 "파튀오지테[35]만 없으면(내 말이 거짓이라면 내 수염을 자르겠소.) 내 상황은 매우 상승세를 타고 있어요……"라고 말하는 것을 듣는 일도, 실제로 상황이 그렇게 되는 일도 드물다.

래커칠로 번들거리는 진료실에서 옆으로 누운 하비브는 묘지에서 출토된 (그리스의) 타나그라 인형 같았다. 모포 밖으로 드러난 그의 상반신은 잘 다듬어져 있었다. 특히 그의 자세나 동양적인 얼굴이 그 인형과 매우 흡사했다. 머리카락의 모근 아래 한 지점에서 한쪽 눈썹과 매부리코가 이어졌고, 그 코가 정육점에 걸려 있는 고깃덩어리처럼 선정적이고 두터운 입술을 지탱해 주고 있었다. 그 아래로 통통한 반죽 같은 턱과 황갈색 분가루에 청록색으로 변해 버린 쪽빛 뺨이 있었다.

예전에 마르세유에서 한 임시 병원의 군의관으로 괴저병을 코냑으로 치료했던 자가 이런 좋은 기회를 놓칠 리가 없

35 복부 팽만을 야기하는 위장에 찬 가스, flatuosité를 fatuosité로 잘못 발음했다.

었다.

"당신 양탄자 장수요?"

"당신을 살펴 드릴 하비브 하라비입니다."

"당신은 언제라도 그런 이름을 대고 허락 없이 밖에서 잠 잘 데를 찾아낼 것 같군요."

하비브는 "부디, 무슈, 부디, 마담."이라 대답했고, 우리가 그를 걷어찬 뒤 그를 흉내 내면서 "훌륭하신 나리, 당신 뜻대로 하십시오."라고 말했을 때에도 결코 정면을 바라보지 않았고 화를 내지도 않았으며, 정당하게도 의사를 다른 상처보다 잘 낫지 않는 골칫거리 정도로 여겼다. 그런 방식으로 그는 우리 모두를 속여 넘겼다. 그는 병역 부적격자였던 내가 부기 업무를 맡아 알제리 보병대 보조 근무를 했던 병원에 4년 동안 머물렀다. 주로 안면 부상을 치료하면서 아름다움의 신비를 간파하기 위해서였다. 프랑스(외과수술이 없는 나라)에서는 모든 직업이 그러듯이 서투른 외과 의사, 다음으로 조각가는 일종의 기술이 되었다. 그 4년은 불시 점호와 외인부대를 피하고, 동양 군대의 장교들이 서로에게 다음과 같이 말하는 것을 들으면서 지나갔다.

발라디 발라다
땅콩과 초콜릿

또한 휴대용 거울을 보며 머리를 윤기 내고, 요오드를 함유한 송아지 고기를 먹고, 황갈색 묵주를 돌리고, 금요일마다 시험관에 든 가짜 알부민을 들고 왕진을 다니면서 4년을 보냈다.

악몽을 거듭하다가 요즘 우리는 다시 이렇게 진짜 생활로, 생계를 잃었다가 다시 생계를 위해 돈 버는 생활로 돌아왔다. 군의관은 은퇴해서 뱀장어 낚시를 하고, 상이군인들은 조합을 결성했으며, 간호사들은 남편 또는 경비원을 다시 찾아냈다. 그들은 죽을 때까지 외박은 하지 않을 것이다.

오로지 하비브만 위대한 운명을 향해 출항 준비를 했다. 요즘 그는 10만 프랑 지폐에 대한 얘기만 했다. 그는 매우 잘나가는 것처럼 보여서, 돈이 필요 없는 사람들도 그를 보기만 하면 돈을 요구한다.

그의 영어는 인상적이다. 그는 발음하기 가장 까다로운 두 영어 단어 Claridge's와 romance를 거의 원어에 가깝게 발음할 수 있도록 강의를 듣는다.

파리와 런던을 오가는 여행은 짧지만 복잡하고 정신이 없다. 바로 다음 날이면 파리를 그리워하게 된다. 파리의 가로수와 남성용 공동 화장실, 가두 판매점, 벤치들로 장식된 거리와 화려한 식사, 그물망 차양과 주조공 바르베디엔 가게의 밀랍을 녹여 만든 틀들을. 또한 도시의 별들, 보석 같은 다리들, 책들이 범람을 막아 주는 센 강, 원작 같은 카페의 조각상들을 그리워할 것이다. 습한 방목장 몽소 평원, 장밋빛 대형 전차들이 드문드문 구멍을 만드는 파리의 하늘, 예술가들의 아틀리에(아직 예술이 있던 시대에), 닫힌 덧창으로 구노의 음악이 새어 나오고, 환기창으로 카르동아라모엘[36] 냄새를 풍기는, 플러시천과 강철로 지은 파리의 르네상스 양식의 호텔들이 생각

36 쇠골과 아티초크를 넣어 만든 요리

날 것이다. 하지만 도착한 첫날 저녁에 런던은 모피처럼 부드럽고도 짙은 어둠 속에서 스러지는, 아니 피어나는 빛이 빛자락을 드리우는 런던은 숭고하다. 악취를 풍기는 인적 드문 거리들. 간조(干潮), 굴 요릿집 '오이스터설룬', 가짜 조약돌 위에서 죽어 가는 희끄무레한 굴들.

노르 역에서는 장거리 노선 열차의 입구부터 벌써, 또 횡단 안내문을 열람하는 장소에서 짠내가 났다. 그런데 반대편 도착 플랫폼에서는 갑자기 파리의 공기가, 라파예트 거리에서 불어오는 바람에서 화장비누 향이 느껴졌다. 칼레에 밤이 내리면 반짝거리는 중앙 역사의 등불들이 물속에서 헤엄을 치듯 아른거렸다. 강한 바람이 포틀랜드 시멘트 가루를 가득 머금은 채 영해를 휩쓸고 지나갔다.

바로 그때, 여객선 직원이 차를 곁들인 아침 식사를 손바닥에 받쳐 들고 지나가겠다고 내게 양해를 구했다. 그가 갑판 위 무선 전신실 옆에 있는 어느 특등실의 문을 열었을 때, 나는 하비브를 알아보았다. 머리를 뒤로 젖힌 그의 거무죽죽한 눈꺼풀에 둥그스름한 속눈썹이 달려 있었다. 그가 축소도처럼 보였다. 마치 잘라 놓은 해부용 조직절편(그는 파도가 조금 높게 일자, 이내 담즙이 혈액으로 쏠리면서 이런 빛깔이 되었다.)처럼. 헝가리 포마드를 발라 뒤엉킨 그의 콧수염이 단번에 콧속으로 말려 들어가 털이 많은 그의 넓은 콧구멍을 막곤 했다.

여행 필수품인 도금한 은제 접이식 간이의자에서는 오래된 아르마냐크산 포도 브랜디가 증발하고 있었다.

"이보게 친구, 비비, 자네 집처럼 편안하군."

그는 파란 눈을 한쪽만 뜨고 금강석 같은 이를 드러낸 채 미소를 지으며 힐끔 나를 쳐다보더니, 버터 색 장갑을 벗지도 않고 차를 한 모금 마셨다.

"난 지금 두피에 난 종기 때문에 파리 리츠 호텔에 체류 중인 사우스웨스턴 이사회 회장 부인을 치료하는 중이야. 요즘처럼 기상 악화로 비행기를 타고 횡단할 수 없을 때는, 이 비비(자네 알아듣지?)에게 정부 요원과 왕의 사신들이 쓰는 매우 쾌적한 이 방을 예약해 주더군."

다이아몬드처럼 뭔가가 번쩍였다. 그 광채에 내 기억 속에서 리츠라는 단어가 기름에 타는 축축한 불꽃처럼 다시 한 번 반짝였다.

"나의 시간은 시간당 20기니, 요즘 돈으로 1000프랑 이상의 가치가 있어. 그리고 《후즈후》(그는 이것을 보보라고 발음했다.)에 내 이름이 등재되었더군. 자네도 아는 그 잉글리시의 인명사전 말이야."

바로 그때였다. 전축 바늘이 마모되었을 때 나는 축음기 소리 같은 깨지는 목소리로 비비가 내게 급상승 중인 자신의 신분에 대해 말했다. 나는 그가 지독하게 가난했을 때 그를 알았다. 1917년의 저 끔찍한 가난, 그 시절에는 엄청난 야망을 마음속에 품고 허리를 숙이기만 하면 되었다. 돼지머리 파테와 접시 대신으로 쓰던 신문 《파리 미디》[37], 뒤집어서 닳도록 입은 뒤에 다시 본래대로 또 뒤집어 입던 외투, 구두에 깐 종이, 수세미로 세탁한 셔츠 깃, 창구에 머리를 디밀고 75퍼센트 좌석 할인권을 요청하는 데 필요한 하사관 모자, 계단 아래서 지샌 밤들, 손가락으로 머리에 빗질하던 새벽, 커튼으로 만든 부츠, 화장실 수건으로 이를 닦고, 설탕으로 사례를 하던

37 1920~1930년대에 발간된 프랑스 일간지

타산적인 까다로운 여자들. 이 모든 것에도 불구하고, 그는 불가사의하지만 확실하다 싶은 징후들을 보고, 일단 아리아족이 집안싸움으로 서로 냉랭해지기만 하면, 그 자신과 그와 같은 부류의 사람들, 즉 중고 가구 상인, 양탄자 장수, 침대 아래에 까는 매트 제작자들, 가짜 부모, 중독 치료 자격증 위조자들, 북경 사람들의 작은 숟가락을 은닉하는 장물아비들에게도, 믿기 어려울 만큼 엄청난 번영의 날이 오리라는 것을 예감하고 용기를 내어 살았다. 요컨대 요 몇 년간이 그의 어린 시절(아버지가 고치 수확을 담보로 돈을 빌려주고, 살구씨를 수출하고, 비호 아래 사닌 언덕에 피서 온 팔레스타인 속물들에게 종이 지갑을 파는 동안, 그는 당나귀들과 함께 풀밭에서 잠이 들었던 어린 시절)보다 나쁘지는 않았을 것이다. 나중에 양재사였던 어머니가 이탈리아 영사 부인의 집에 그를 데리고 다니며 날품팔이를 했을 때(그는 이렇게 이탈리아인의 보호를 받게 되었다.)보다, 그리고 과자 장사들과 예수회 수도사들, 환전상들의 도시, 인화를 걸어두고 미국 선교사들이 그림 속 엑스트라들의 면직으로 된 나체 부분에 성서 구절을 투사했던 그리스풍 바들의 도시 베이루트에 그들이 정착했을 때보다도 나쁘지는 않을 것이다. 주머니에 가득 찬 해바라기 씨를 꺼내 와작와작 씹으며 그가 말했다.

"휴전이 되고 자네와 헤어진 뒤 나는 내 돈으로 빅토르마세 거리에 거처를 정했어. 당신도 물론 이 동네 사는 이상 '에스테틱인스티튜트'에 관한 얘기를 들은 적이 있겠지? 오톤 19번가에서 나는 레스터 광장에 있는 세미라미스 온천에 열탕직원으로 묶여 있었지. 그곳은 좀 이상했어. 밤새도록 운영됐고. 손님들은 아주 예의가 발랐고, 창유리는 늘 광택 없이 흐릿했어.

동원이 해제된 캐나다 사람들은 팁을 엄청 후하게 주었어. 이듬해 봄에 나는 블룸즈베리에 '하비브의 미용실'을 열었어. 거기서 내게 행운이 찾아왔지."

이야기는 바보처럼 기계적으로 반복됐다. 그의 이야기는 동양의 행운들 같았다. 바그다드 위로 날아가는 마법의 양탄자, 열여덟 개의 황금 나팔 소리에 무너지는 가난, 해방된 노예의 눈속임 기술에 길들여지고 그의 수상한 출신에 효력이 의심스러운 마법이 가득한 그의 검은 손가락에 속는 군중, 경멸도 지혜도 없이 서양이 놀라는 가운데 하룻밤 사이에 건설된 왕궁들. 파리는 너무 깨끗하고, 그래서 프랑스의 정령은 지나치게 정화된 탓에 먹을 수 없게 된 젤리 같다. 하지만 런던에서는 이런 기이한 우연들이 끊이지 않는다. 피어오르는 진창의 연무 속에서 검은색 벨벳 장막 뒤로, 알람브라 궁전의 긴 산책 회랑에서도 등장하는 저 동양의 도시가 건설된다. 그곳을 향해 매일 저녁 조명을 설치한 광고물을 등에 진 단봉낙타 행렬이 부두를 따라 이어진다. 때마침 채링크로스 역 뒤에서 예술가들이 드나드는 출구에서 히브리인들의 등록, 곱트어 문헌들과 보증서가 있는 보석들의 경매, 왕관들의 분할, 각종 증서들의 세탁, 붉은색 작은 중국차 상자에 넣어 배달되는 마약, 수치스럽고 강력하고 메시아적인 모든 암거래가 시작되었다.

특히 하비브는 제 시간에, 이 세상의 재물들이 영국 제후들의 손에서 러시아 유대인들의 손으로 넘어가는 흥미로운 바로 그 순간에 정확히 도착했다.

거칠어진 바다가 배의 옆면, 흘수선 바로 위에 둔탁하게 부딪치자, 이어서 경쾌한 물세례가 배의 갑판을 씻어 내렸다.

비비라 불리던 하비브는 은밀한 어조로 말했다. 그러니까 보라색 입술은 거의 움직이지 않고 오른쪽 입꼬리 쪽만 아주 조금 벌리고 말을 했는데, 거기서 비밀스러운 얘기들이 흘러나오곤 했다. 우호적이면서도 위협적으로 그가 일종의 금제 브라우닝식 자동 권총을 내게 겨누었다. 그것은 굵은 무라티 담배가 가득 채워진 그의 담배 케이스였다. 담배는 러시아 기병이 가슴에 차고 있는 실탄들처럼 가지런히 정돈되어 있었다.

"뭘 좀 캐내 봐……"(그는 요즘에는 없어진 이런 거리의 은어를 주로 썼다. 캐내다(piger), 괴짜(un type), 네 발로 걸어가다(aller pattes), 사랑에 체포되다(en pincer pour) 등. 이 어휘들은 근동 전 지역에서 아직 사용되고 있다.) 이런 식으로 그는 "호의적인(sympathique)"이라는 단어를 사물에도 오용하곤 했다. 가령 호의적인 침실, 호의적인 여송연 파이프처럼.)

"이 비비가 성공할 수 있었던 것은 한 늙은 신사 덕분이었어. 꼭 어린 창녀 같았지. 알루아시우스 마샴 문이라는 사교적인 늙은 배우로 나이가 예순이었는데, 가슴에서 젖이 나오기 시작해 유선을 제거해 달라는 요청을 해 왔어. 심술궂은 성격에 아는 것이 많았던 그는 영국에서 결혼하고 사교계에 드나드는 젊은 미국 여성들에게 상당히 영향력이 있었지. 그녀들은 그가 없이는 아무것도 시도할 엄두를 내지 못했어. 그는 그녀들을 가르치고 웃고 울게 만들었어. 그 정도는 아니더라도 그가 있는 자리에서 식초를 마시고 토하게 만들었지. 그는 그녀들에게 하듯이 내게도 중국 한나라산 도자기와 피카소를 알아보는 법을 가르쳐 줬어. 그는 검은색 양초들을 켜 둔 채 정말 맛있는 저녁 식사를 제공했고, 결혼을 성사시켰고, 자기 학생들을 코번트가든에 데려가 밥을 먹게 풀어 놓았고, 티치아노는 결코 존재한 적이 없다고 설명해 주는 베런슨[38]과 음식을 맛보게 했어. 또한 그는 공작부인 연배의 선배들을 소개하고서, 속으로는 죽일 듯 증오했지만 겉으로는 변치 않는 친밀한 집단을 형성하도록 도왔지. 미국 식민지의 부인들로 구성된 이런 집단은 어느 나라에나 있어.

문 경(卿)이 수술을 고집했지만, 나는 그에게 최면술로 가슴 문제를 해결해 보자고 제안을 했고, 치료는 성공적이었어. 그로부터 석 주가 채 지나지 않아서 런던에서 최고 부자에 속하는 한 부인이 나의 고객이 되었어. 나는 비어 가든에 있는, 흰색과 초록색으로 아기자기하게 장식된 작은 감방 같은 집을 거처로 정했어. 지난봄에 하노버스퀘어로 가기 위해 떠났던 곳이 바로 그 집이야. 거기서 나는 자네를 기다렸네, 늙은 보병."

"정말 짭짤한 일거리로군. 영광스러운 군 생활에서 익힌 안면 가공 기술이 당신 인생을 바꿔 놓았군, 그렇지? 당신 특기는 뭐지?"

"뭐든 다 해. 나는 병마와 싸우는 거야. 의술은 말이야, 질병과의 순간적인 작은 격돌 같은 것이야, '투 카피[39]. 그게 만성이 되는 순간, 아무도 배겨 내지 못해. 하지만 난 반대로 수년간 지속될 전투를 개시하지. 나는 죽음의 신쯤 매우 하찮게 여기거든. 그래서 나는 죽음의 신을 길들일 수가 있어. 나는

38 Bernard Berenson(1865~1959). 미국의 미술 평론가

39 tu capi. 이탈리아어로 '이해하지.'

과로, 두통, 종기, 잔털, 끈적거리는 손, 임신 반점, 코골이, 복통, 악몽, 주름, 주근깨, 비만, 신경 발작, 갱년기를 공격해. 말더듬과 닭살도 완화할 수 있어."

"자네 대단하군. 하비브 나리."

"아직은 아니야. 난 잊고 있었어. 요오드 때문에 숨 쉴 때마다 나던 악취를……" 기분이 상한 그가 대답했다.

"?……"

"그리고 감응 전류 요법 때문에 생긴 우울증도. 도시 전체가 이 큰 손들에 의해 질식당한다고 말할 수도 있지. 이 손가락들을 봐. 난 이 손가락들을 용연향 담배처럼 1만 5000기니 보험에 들어 두었어. 왕관과 함께 보석 상자 속에 넣어 둘 만하지. '궁정 납품업자 제공, 귀족과 외교단만 사용 가능'이라는 문구와 함께."

그는 장밋빛 셔츠의 소맷부리(하비브는 본인의 우아함에도 불구하고 속옷을 바꿔 입을 결심은 하지 못했기 때문에, 똑바로 입은 뒤에 뒤집은) 밖으로 털이 덥수룩한 팔에 붙은 두 손을 내게 내밀었다. 팔에는 금으로 만든 인식표가 붙어 있었다. 일명 최소한의 손이라 불리는, 길이가 짧고 네모진 손가락을 가진 그의 손에는 범죄자 인체 측정 색인표가 붙어 있었다. 거기에서 강력하지만 매우 투박한 기운이 새어나왔다.

"이 손가락들은 사치품이네, 비비처럼, 비비가 손대는 모든 것과 비비가 알아보는 모든 것처럼. 사치품, 그것도 요즘 값이 더 올랐으니 고급 사치품이지."

추운 듯이 그는 손에 가죽 장갑을 끼더니, 이어서 무릎 덮개 아래 손을 집어넣어 감추었다.

나는 하비브에게 감탄을 금치 못했다. 급작스러운 운명의 공격을 받고도 결코 낙마하지 않고 파렴치한 온갖 가난의 창살을 거치면서 누군가 건드리기도 전에 소리 지르고, 순발력을 발휘해 놀라는 법 없이 언제나 무례한, 수다스럽고 이상한 매력으로 마음을 끄는, 적절한 시기에 이득을 챙기면 거기서 멈추고 포기할 줄도 아는 꽤나 끈질긴 동양인들을 자주 보았었는데도 말이다. 그 덕분에 이들은 그들만 그리고 여자들은 알고 있는 요행의 도움을 공짜로 받았다. 믿을 수 없지만 몇 달 지나다 보면, 엉덩이는 겨우 예의의 무늬만 갖췄지만, 머리는 이미 환하게 빛이 났다.

"자네도 봐야 해, 아름다운 육체들을!"

"비곗덩어리 돼지도 있어. 반면에 들쥐가 과즙을 빨아 먹은 열매들이 과수원에 매달려 있는 것처럼, 갈비뼈에 평평한 젖가슴이 얹혀 있고 엉덩이에 살도 없고 발은 냉랭한 깡마른 육체도 많아."

"내기 보기에 모든 여자들은 매력이 있어. 게다가 나는 영국 여인들을 숭배해. '그녀들이 예쁠 때……!'라고 말하는 고전적인 장르도."

이 말을 듣고 내가 그의 말을 중단했다.

"……아름다운 피부?"

"피부가 팽팽하지 않으면, 아래에서 받쳐 주지 않으면, 아름다운 피부가 무슨 소용이 있겠는가? 아! 고대의 미적 기준에 맞는 세 개의 배 주름과 가슴 간격 20센티미터를 발견할 때도 있어! 하지만 숱하게 보는 건 무릎 아래까지 내려오는 스타킹 속에 헐렁헐렁 떠 있는 푹 팬 엉덩이, 그다음에는 빚더미에 앉아 있는 거드름 피우는 여자들이야. 그녀들은 빚더미에 앉아 있으면서도 묘지 내부서 한 병에 5리브르 하는 키프

로스산 포도주와 함께 향로를 받고, 커피 찌꺼기로 보는 점을 믿으면서, 일주일마다 집을 바꾸고, 화장실의 말[40]만 빼고 모든 수말에 올라타는, 아침에 아직 잠이 덜 깨서 또는 너무 예민해서 정오가 되어서야 돌아와야 하는 그런 여자들이야. 수 세기 전부터 무거운 짐에 익숙한 우리 고장에서 사는 아름다운 어깨에 대해 내게 말해 줘……"

그는 살찐 여자들에 대해 뿌리 깊은 동양적 취향을 가지고 있었다. 그가 이상형이라며 엄지손가락으로 허공에다 동양 여인들의 찬탄할 만한 몸매를 그려 보였다.

"더 뚱뚱한 아일랜드 여자들과 유대인 여자들이 상황을 어느 정도 회복하고 있지. 그녀들 중에서 종종 여신들을 발견하기도 해. 대다수 유럽 여인들은 치료하기가 쉬워. 관리가 잘 되어 있거든. 세계 구석구석에서 내가 겪은 것을 모두 당신한테 말해 볼까! 인도인 부대의 여성들은 가슴이 깊이 팬 옷을 입고 있는데 가슴이 빵빵하고 땡볕에도 테 없는 둥근 모자를 써서 피부는 갈라져 있어. 서부 아프리카의 사냥하는 여자들은 검은 얼굴에 하얗게 주름이 져 있고. 이집트 관리의 아내들은 모래 때문에 팔다리가 다 벌겋게 익어 있어. 중국 세관원들의 아내는 통풍과 신장 결석으로 팔다리를 못 써. 칵테일 때문이지. 로디지아의 갑상선종, 오스트레일리아의 피부병 때문에 거기 머물렀었어…… 제국은 지치고 늙고 현지 의사들에 의해 불구가 된, 풍토가 다른 세계 각지에서 떨어뜨려진 사람들을 하노버스퀘어에 풀어놓았고, 문질러 닦고 수리하여 미적으로 완전히 회복된 자들은 이곳을 다시 떠나지."

40 조랑말을 의미하는 비데(bidet)를 일컫는 듯하다.

하비브는 그의 고객인 여성들의 약점을 강조하고 젊은 아름다움을 탐하는 모든 여자들을 마음껏 경멸함으로써 스스로 위안을 삼았다. 그 여자들 덕에 잘 먹고 잘 살았지만, 하는 일에 모욕감을 느껴 요리에 침을 뱉는 하인처럼 그는 가차 없었다.

"이런 몰상식한!" 내가 말했다.

윙윙거리던 바람 소리가 멈추고 바로 옆에서 일렁이던 둥근 파도의 벽도 수위가 낮아졌다. 항구에 들어서고 있었다. 현창에 서린 김을 옷소매로 닦아내자 이번 축제를 위해 육지 전체를 환하게 밝힌 항구가 눈에 들어왔다. 식탁 구멍에 꽂혀 있던 병들이 진동을 멈추고 세관원들이 갑판으로 올라왔다. 하비브는 브란덴부르크산 비버 모피 털외투로 몸을 감쌌다. 모자를 뒤로 돌려 쓴 그는 전보를 배달하는 소년의 무릎에 종이를 대고 아내를 불러내는 전보를 작성했다.

"이봐. 알제리 보병, 당신 하라비 부인 모르나? 하아! 아름다운 괴짜지. 하지만 없어서는 안 될 사람이야. 질투심 많고 거짓말쟁이에 제멋대로인데, 행운을 부르는 여자야. 그래서 내 전 재산을 들고 매춘부처럼 건장한 그녀의 어깨를 향해 자발적으로 다가가게 되더군. 오늘 저녁에 오페라 극장 칸막이 좌석 28호로 와서 그녀와 인사해. 「삼손과 델릴라」 공연이야. ……꽃이 피듯이……"

나무 플랫폼에 모습을 드러낸 환히 불을 밝힌 기차들, 밤새 켄트 주의 홉밭을 가로질러 미친 듯이 달려 온 벤츠 풀만 자동차들의 김서린 긴 유리창들이 잿빛 안개 아래 환희와 정열에 가득 찬 채 성공적인 런던 입성을 예고했다.

하비브는 첫 번째 기차에, 나는 두 번째 기차에 좌석을 예약했다. 그가 초록색 펠트 모자를 장난스럽게 높이 쳐들었기 때문에, 나는 플랫폼의 쏟아지는 전등빛 아래 타르를 바른 것처럼 파렴치하고 열렬한 그의 두뇌를 한참 보아야 했다. 바로 그 머리가 그의 육체를, 노예에서 해방된 잘난 도형수 같은 그의 육체를 지배하고 있었다.

*

바닷바람을 맞은 뺨은 아직도 화끈거렸고, 밤새 무거운 고철 덩어리를 끌어 온 기차를 탄 뒤라 귀에서는 쇠북소리가 울려 댔다. 덥고 어두운 조개껍질 같은 객실에서 나는 잠이 들었다가 눈을 크게 뜨기를 반복했다. 수많은 예술 공연들의 무게에 눌려 신음하는, 황금빛 여인상 기둥들 말고는 아무것도 보이지 않았다. 하지만 몸을 숙이면, 발사되는 조명의 테두리를 꽉 채우며 감동적인 연기를 펼치고 있는 한 가수의 모습이 눈에 들어왔다. 마침내 실 유리 묶음 같은 것이 반짝했고, 그 빛에 이어 칼집 소리가 울렸다.

하비브는 그의 칸막이 좌석에 없었다. 실수를 무마하려고 그가 서둘러 나를 앞세웠기 때문에, 나는 영광스럽게도 알버말 스트리트에서 모자를 제작하는 프랑스인 망주마탱 부인(그녀는 신랄한 질문을 던지고 상큼하지만 별 의미 없는 대답을 할 권리라도 가진 듯했다.)과 하라비 부인 사이에 자리를 잡고 앉았다. 우리 뒤에서는 한 외국인 관리가 외투들을 들고 외풍을 막아 주고 있었다.

선홍색 벨벳으로 만든 주름 많은 옷을 털투성이 원숭이처럼 몸에 두른 하라비 부인이 설명을 부탁했다. 해면체 느낌을 주는, 호기심이 많고 매우 친절한 그녀가 내게로 몸을 기울였다. 나는 그녀에게 삼손은 바빌론의 태양 신화였을 뿐이라고 말했다.

"이제는 창작밖에 할 줄 모르는군요." 그녀가 한숨을 내쉬었다.

마지막에 무대 장식이 나무 조각을 쌓은 상자처럼 와르르 무너져 내리게 해 둔 것은 어떤 마술이었을까?

우리 주변에서는 프랄린 과자 냄새와 진통제용 박하향, 작두콩을 넣어 빚은 반죽 냄새가 났다. 땋아서 늘어트린 머리카락 때문에 머리가 무거워 보이고 얼굴이 넓적한 하라비 부인은 슬프면서도 위엄 있는 눈을 가진 타로 카드의 여제 같았다. 그녀에게서 마치 광고지에서 느껴지는 것 같은 냉혹함이 느껴졌다. 그녀는 의사가 그녀를 방치해 두고 있다는 사실에 화를 내면서도 동시에 그 의사의 성공을 자랑스러워했다. 그녀는 그 대담한 의사의 희생물이자 수혜자였다. 그녀는 그가 수다스럽고 격식을 차리지 않는다는 사실을 애석해할 필요가 없는 유일한 사람이었다. 그를 현행범으로 체포해야 한다는 사실을 두려워했고, 라클로슈 병원에서 받을 수 있는 작은 위안 때문에 그를 원했다. 그녀는 그에게 절대 권력을 행사했고, 그는 돈 때문에 또 두려움 때문에(그의 이마에는 날아오는 접시에 호되게 맞아서 생긴 흉터 자국이 있지 않았던가?) 그리고 미신 때문에 그 권력에 복종했다. 그는 집에서 진료를 한 덕에 그의 진료실 방음용 가죽 문 뒤로 몸을 피하곤 했다.(하지만 묵시적인 반대 때문에 그 문을 걸어 잠글 수는 없었다.) 하라비 부인은 독일인이었다. 그녀는 독일 태생이라는 부담을 덜기 위해 자신은 자유로운 도시 태생이라고 말하곤 했다. 그는 바바에스키에서 그녀를 처음 알았다. 그곳에서 그녀는 몸 어딘가에 생긴 가벼운 염증 때문에 그의 진찰을 받았다. 염증의 진짜 원인을 알게 되었을 때, 그녀는 창문으로 뛰어내릴 생각을 품었다. 사랑 또한 피부 질환 같은 것이다. 하비브는 그녀를 위로했고, 그녀를 몬테카를로로 데려가 결혼해 달라고 요청했다. 그들은 서로에게 자신의 두려움을 이야기했고, 서로 따귀를 때리면서 싸움도 했으며, 일본의 이마리 도자기를 수집했고, 끊임없이 "내 명예를 걸고!"라며 서로에게 거짓말을 하면서, 매일 저녁 정성껏 서로의 실수를 잡아 가며 벌어들인 현금을 정산했다. 그녀는 그에게 야쿠르트 케밥을 준비해 주었다.

막이 내리고 불이 켜지자 극장이 소란스러워졌다. 하비브는 측면 칸막이 객석에서 빠져나와 그 옆에 있는 귀빈석으로 향했다. 그러다가 생각을 바꾸어 우리 쪽으로 왔다. 그는 어디서나 그랬듯이 자기 집에라도 있는 것처럼 편안하게 처신했다. 하지만 회원으로 등록하고 정기권을 끊은 날, 극장이라는 이 역겨운 거실에서는 특히 더 그랬다. 지겨운 공연을 보느라 기진맥진한 얼굴들이 다시 생기를 회복했다. 여자들은 자동적으로 분홍빛 손가락 끝으로 머리를 매만지고, 깊게 팬 가슴 부분을 추어올리고, 입술과 반지를 문질렀다. 매듭 끈 같은 등뼈 양쪽으로 잔 근육이 잘 분배된 등, 짐꾼의 근육질 등, 보도블록처럼 평평하고 넓적한 등, 뭔가 하고 싶어 근질근질한 등, 감정을 진정하는 등이 보였다. 모든 칸막이 좌석에는, 아니 대부분의 좌석에는 온천장의 칸막이들처럼 여자 고객이 한 명씩 들어가 있었다. 하비브는 여성 고객 한 사람만 고려하고 있었다. 눈으로 나의 감탄을 찾고 있던 그는 그것을 발견하고는 무척 즐거워했다. 그리고 미소를 지으며, 마치 요리사들이 스튜를 그릇에 들러붙지 않게 하기 위해 하는 것처럼, 손가락으로 셔츠 깃과 기름진 목 사이를 훑었다. 그는 유품들, 신문기사 조각들, 난초들, 차가운 사탕들, 만날 약속과 수표로 늘 분주했다. 그는 잡지《르 나시요날》[41]과 함께 그것들을 아내 무릎에 내려놓았다. "부디…… 부인…… 부디……"

"이 사탕 그릇을 잊고 있었어. 봐, 전 세계를 쫓아다녀 봐도, 최종 그림이 전시되는 곳은 런던이야."

"그 결과가 바로 이 눈부신 번영이고." 내가 말했다.

"그렇게들 말하지! 하지만 믿지 마. 러시아의 보석은 불행을 가져다줘. 이미 이 나라를 둘러싸고 있는 바다는 당길수록 목을 죄는 매듭 같아…… 자네도 모든 것이 양도되어야 한다는 사실을 알아차렸나? 전단지, 또 전단지들. 사람들로 가득 찬 경매장들. 지붕 있는 배와 그루지야의 저택들, 경마장 잔디밭의 사슴들, 탐낼 만한 고급 주택, 수천 평에 달하는 사냥터, 귀금속으로 만든 식기들, 송어 낚시터, 18구의 집주인들, 세상이 일을 하는 동안 그들이 즐거운 시간을 보낼 거리를 제공해 주었던 모든 것을 염가에 처분하고 있어……"

비비가 말을 멈췄다. 그는 스스로 이론적이 되는 것을 금했다.

"나는 내 생각을 믿지 않네. 내 손가락을 믿지."

사실 그는 사고보다는 손재주가 나았다. 유명한 대장들이 그렇듯이.

"대공비. 귀빈석 B. 이리 가까이 와서 저걸 봐, 고참병. 어

41 왕정복고에 저항하기 위해 1830년 창간된 프랑스 일간지

서."

나는 그곳을 빠져나오려 했다. 하지만 그는 낮잠 잘 때 성가시게 구는 파리처럼 다시 들러붙었다.

그는 거울에 자기 모습을 비춰 보고, 손목시계 줄을 늘어뜨리고, 옷소매 뒷부분으로 옷의 진주를 문질렀다. 그리고 미소를 지으며 말했다.

"나를 기절초풍하게 놀랠 만한 것은 아무것도 없어. 나 자신조차도. 나는 2000년 동안 존재했던 어느 작은 마을에서 태어났기 때문이야. 거기서 나는 스물여섯 개의 문명을 발견할 수 있었지. Mâloum(알았어)! 내가 입고 있는 이 옷에 대해 어떻게 생각하는가? 고백하건대 우리 고향에서 하는 말로 나는 프랑크족 스타일로 입었어."

이어서 수첩에 그는 적었다. "내일 수요일 6시. 대공 비, 대분수."

주스용 압착기로 간 고기처럼 생기라곤 없는 대공 비의 살찐 뺨에는 얼룩덜룩한 반점들이 있었다. 그 얼굴을 천연 진주 목걸이를 두른 목이 떠받치고 있었다. 눈에는 물기가 어려 있었다. 손목은 두툼했고 코는 날카롭게 갈아 둔 돌 같았으며, 군주들에게서 흔히 보이는 무기력함이 느껴졌다. 태어날 때부터 격리되어 지내 온 탓에 자연스레 속내를 얘기하는 경향이 있었는데, 늘 하녀의 즉각적인 배신이 뒤따르기 마련이라서 이런 경향은 왕가의 평판을 나쁘게 만드는 데 일조한다.

그녀는 자신이 "사내아이 같은 여자아이"였으며, "숯 제조인 아니면 오지의 대사관"과 결혼하고 생을 마칠 것이라고 말하곤 했다. 그녀는 매일 하비브를 접견했다. 날마다 그녀는 자신의 미용 기구 관리하는 일을 그에게 맡겼다. 다음으로 그녀는 사는 동안 내내 재미있게 놀고 마시고 돈을 펑펑 쓰며 어디에든 다 끼고 싶은(이것을 그녀는 독일어 matmachen(참여하다)로 표현하곤 했다.) 달성하기 어려운 열망을 늘 가지고 있었다. 그녀의 아버지는 교수형을 당했고 오빠는 총살되었으며, 아이들은 개에게 잡아먹혔고 땅은 모두 팔아치웠으며 몇몇은 자살했다. 이 모든 일들을 겪었음에도 저 끔찍한 배은망덕도, 모든 것을 완벽하게 갖추고 태어난 사람들이 보여 주는 저 나쁜 기질도 바뀌지 않았다. 그녀는 부가 무엇인지 알 필요도 없는 부자에서, 더 이상 셀 돈이 한 푼도 없는 가난뱅이가 되었다. 그 결과 그녀는 부자와 가난뱅이의 차이를 전혀 알지 못했다. 게다가 그녀는 "나는 부자야, 나는 가난해."라고 말하지 않고, "나를 담당하는 은행가가 내게 친절해, 내게 못되게 굴어."라고 말했다. 이와 함께 램프 아래서 수놓기, 하대, 계단 모양으로 세 세대가 늘어선 사진 촬영에 대한 저 게르만적 취향을 여전히 간직하고 있었다. 침통하게 그녀는 망명한 군주들의 옛 리스트, 칠슬레허스트와 트위크넘의 si j'avais su(내가 알았더라면) 리스트를 늘어놓곤 했다.

"오! 나의 비비! 짐승 같으니라고! 당신 안 올 줄 알았어."

대공비는 천성적으로 생기라곤 없이 몽환적인 분위기였는데도, 이 남자가 다가가자 마치 양초에 불이 붙듯이 타오르기 시작했다.

"이런 자가 기회를 가져야만 해!"

"대공비 마마께서는 모든 여성이 제겐 완벽한 양식이고, 제가 가끔은 행복을 또 그보다 자주 기쁨을 그리고 언제나 나의 생계수단을 구할 수 있는 세계라는 것을 아셔야 합니다."

(사람들은 그리 생각할 수도 있겠지만 하비브는 결코 돈 후안 같

은 인물이 아니었다. 그는 여성의 애교를 싫어하지 않았지만, 하라비 부인으로도 만족했다.)

부인은 매우 만족한 웃음을 머금은 채, 무대 위에서 펼쳐지는 애수에 찬 노래와 거짓된 감상에 깊이 빠져들어 주의 깊게 음악을 들었다. 하지만 우리의 상반신을 훑어보느라 여념이 없는 노골적인 그녀의 시선이 그녀의 집중이 거짓된 것임을 폭로했다. 그녀는 미식가가 맛있는 요리를 바라보듯이 우리를 바라보았다. 우리 셋은 칸막이 객석의 안쪽 깊숙이 있는 작은 응접실에 있었다. 다시 어두워졌다. 그녀는 푸른빛 등을 들고 문까지 우리를 따라왔다.

막 나가려 할 때 그녀가 손으로 하비브를 멈춰 세웠다.

"솔직하게 말해 봐, 나를 어떻게 생각해?"

주름진 드레스의 매듭을 풀어헤치면서 그녀는 18세기 에스파냐의 성당에서 볼 수 있는, 로마네스크 양식의 다마스천에 싸인 기둥처럼 거칠고 뚱뚱한 몸을 드러내 보였다.

"제 명예를 걸고, 정말 훌륭하십니다." 그만 자리를 뜨고 싶었던 하비브는 짜증이 나서 말했다. "달처럼 아름다우십니다."

그녀는 장례식장 같은 불빛에 보잘것없는 몸매를 드러냈다. 그녀가 고집을 부렸다.

"정말? 아직도 매력적이야?"

(하비브는 어물어물 입안에서 뭐라고 맹세하듯 말했다. "당신 가문이 파산하기를!"이라고 말하는 것 같았다. 이미 그러한데.)

"물론입니다. 물론이지요. 매우 그렇습니다." 비겁하게, 매우 피곤하게, 그런데도 결코 진지함을 잃지 않는 태도로 그가 대답했다.

*

뭉게구름이 피어나는 하늘에는 굵은 전화 케이블이 상처 자국처럼 얽혀 있었고, 석탄 삽으로 돈을 나눠 주던 은행에는 철책이 내려져 있었다. 문이 초록색인 집들, 세탁 가능한 장갑, 파란색 어린 고양이들, 미지의 새로운 것들이 치고 나오는 파리의 모자들, 아침 일찍 일어난 노동자들의 물결, 이것이 하노버스퀘어의 정오 풍경이었다.

기둥들 사이로 난 문, 가지를 쳐 낸 두 그루의 회양목, 창문에 드리운 금사, 새하얀 셔츠처럼 깨끗한 계단들, 초인종 아래 매우 소박하게 새겨진 구리 현판이 달린 광장 서쪽의 대저택 중 한 집. 문 앞에는 롤스로이스 한 대와 소형 자동차 두 대가 서 있었다. 행실 나쁜 부인들이 아침마다 손수 운전하는 그 차들은 도로 한가운데 서서 대기하고 있었다. 자동차의 운전대에는 사슬이 채워져 있었고, 좌석에는 애버딘 토지 대장이 놓여 있었다.

흰색 머리에 제복을 입은 전형적인 에스파냐 하인 하나가 미끄러지듯 움직이면서 대리석 현관에서 크림색 응접실까지 나를 안내했다. 그곳은 분명, "가엾은 코르사주, 20일이면 아름다운 가슴을!"이라는 선전 문구와 침을 뱉는 타구들, 『라이프』 전집, 손뜨개 한 머리받침, 하악 경부 재생술 자격증, 경쟁 외 부문에서 받은 거만한 동전 모양의 금도금 메달이 매달려 있는, 독일 카탈로그에 상투적으로 사용되는 "완벽하게 성형된 루이 15세"의 평범한 성형외과 의사 대기실은 아니었다.

왕을 상징하는 파란색 양탄자 위에 순금 조개 모양 장식이 달린 베네치아풍 가구와 공작석 외장재로 마감한 콘솔들이 잔잔한 항구에 떠 있는 퍼레이드용 함대처럼 놓여 있었다. 방울 술이 달린 덮개와 저속한 채색화, 향 비누와 사탕이 든 물병 그리고 모조 호라산 작품에서만 순수 시리아풍 취향, 곧 담보물을 압류당한 채무자의 취향이 드러났다.

벽난로 위에는 수많은 초대장이 든 유리 상자와, 끌로 새긴 은제품 인도산 액자 속에 금방이라도 뛰어오를 것 같은 위엄 있는 여자 기수의 사진 열일곱 장이 놓여 있었다. 말발굽 사이에서 황제가 친필로 쓴 다음과 같은 글귀가 읽혔다.

나는 당신이 내게 해 준 모든 일이 매우 만족스럽습니다.

— 프레데리크잔

무도회 드레스를 입고 왕관 장식을 쓴 부인들, 안락의자에 앉아 있는 부인들 그리고 근위대 척탄병이 그려진 최소형 초상화들에는 알아보기 힘든 잔글씨가 쓰여 있었다.

• 눈은 마음의 창이다.

• 이들은 사랑을 예고하는 저 달콤한 떨림을 마음속에 타고난 진지한 연인들이다.

• 나의 고통에 당신의 수선화차는 최고였다.

식견 있는 어느 장관의 자필 증언이었다.

이 글씨 옆에는 철도역 신호소에 걸려 있는 채색화에서 흔히 볼 수 있는, 체념한 듯 보이는 온화한 왕과 왕비 들도 있었다.

붙어 있는 벽장에서는 니켈 헬멧을 쓴 한 여자 전화 교환원이 하비브에게 곧 닥칠 미래를 세 개의 전화선, 전화 교환국 1665, 66, 83에 등록하느라 바빴다. 그 방은 도시의 심장과도 같았다.

호사스러운 집들, 부자들이 모여 사는 동네가 그에게 공물을 바쳤고, 아무런 저항 없이 그의 법에 복종했다. 마치 나태한 식민지 주민들이 승리를 거두고 의기양양해진 강한 도시의 법을 따르듯이.

문이 열리자 화려하게 분칠을 한, 1막에 등장한 가수들처럼 아침 이 시간이면 생기가 넘치는 하비브가 나타났다. 면도 비누 조각이 귓불에 말라붙어 있었다.

그는 이튼 학교 교복 같은 옷(실상 그는 주니에의 마리스트 학교를 다녔다.)에 옅은 파란색 줄무늬가 있는 검은색 넥타이를 매고 있었다. 이는 영국인들에게 프랑스인들이 훈장을 불법 패용하는 것보다 훨씬 더 심각한 사기로 여겨지는 행위였다.

들어오자마자 그는 내 어깨를 잡고 나를 방음용 가죽 현관문 쪽으로 밀어붙였다. 문이 둔중하게 밀렸다.

"난 이대로 계속할 거야. 내가 하는 일은 무모하지. 점심 전에 수술해야 할 고객이 아직 둘이나 있어. 3시에는 내 말들을 보러 뉴마켓에 가야 하고. 말 조련사들, 기수들은 알다시피 고약한 도둑놈들이지. 하지만 삽화나 실어 대는 일간지들이 회색 실크해트에 프록코트를 입고(페라에서 하는 말로 스탐불린[42]을 입고) 왕의 축하를 받으며 그의 말을 조마장으로 데려가는 나 비비를 수백만 번 전재하지 않는 한은, 나도 굴복하지 않을 작정이네."

42 터키 황제나 고관들이 입는 호화스러운 의장

"허영심인가?"

"광고하는 거지."

하비브는 교외를 거쳐 여기까지 오면서 이미 지쳐 창백해진 햇빛이 듬성듬성 새어 들어오는 유리창의 커튼을 젖히더니 양쪽으로 매듭지어 묶어서 아래로 늘어뜨렸다. 우리는 의무실로 개조된 안뜰에 있었다. 조절 가능한 침대, 거대한 탤크 파우더 분첩들, 바셀린통, 스펀지, 선명한 색깔의 로션이 가득 든 3리터들이 큰 술통들 사이사이로 널려 있는 고무장갑들이 보였다.

"이 작업복을 입게." 하비브가 말했다. "재미있는 일이 벌어질 거야. 프리종 거리에 있던 병원, 생각나지 않나? 남은 것은 미시즈 하피의 시술이야. 안면 갈이. 그다음에는 파멜라 모이스, 일반 전기 요법. 자네가 내 조수 노릇을 좀 해 주게. 그런 다음에 잠깐 휴식하고, 무엇으로든 요기도 좀 하고. 저들이 먹는, 크레송 샐러드를 곁들인 브레드와 버터와 티는 빼고, 자네도 알 거야. 나는 카페 로얄에 독한 술 리슈부르 93을 보내 달라고 한 적이 있어. 요즘 사람들은 악덕과 깨끗한 물을 좋아하지만, 비비는 여전히 쾌락과 맛있는 포도주를 좋아하지. 이것이 비비의 힘이네.

자 여기, 내 수첩을 보게. 5시에 다시 일정이 시작돼. 막스 달바니, 칠레 여성, 발의 각질 제거, 5시 30분, 제모, 6시 대공비를 위한 그랑제 미용 시술 등등. 1순위는 미시즈 하피지.

그녀는 대영 제국 교통부 차관의 아내야. 두 시간 전부터 그녀를 기다리게 하고 있어. 우리는 함께 오래전에 끊은 전표를 결산하는 중이야. 그녀가 먼저 내게 공직자 사회의 비밀을 털어놓았어. 그 뒤 하마터면 그녀도 죽을 뻔했지. 그녀가 치러야 했던 대가를 그녀는 잘 알고 있어."

거기까지 말하고 그는 오른손을 들어 올려, 금가루라도 뿌리는 듯이 손가락들을 꺾더니, 근동 지방 어디서나 볼 수 있는 멋스러운 표정을 지으며 오른손을 앞으로 뻗었다. 이것은 당시 사용되던 피아스터 화폐에 표시된 동작이었다.

하비브는 뭐라고 중얼거리며 밖으로 나갔다. "깡그리 쓸어 모아야지."라고 말하는 것 같았다.(그는 요즘 전장에 방문하는 중립국들만 사용하는 몇 개의 전쟁 이미지를 흉내 내었다.)

그는 엄청 큰 체격에 순진해 보이는, 매우 점잖은 한 늙은 부인의 손을 잡고 그녀를 인도하면서 방으로 데리고 들어왔다. 그녀는 흰 도자기 접시처럼 피부가 하얐고 눈꺼풀은 내려앉아 있었다.

"앞을 보지 못하나?" 내가 낮은 소리로 물었다.

"아니. 내가 매일 억지로 두 시간 눈을 감고 지내게 하고 있어. 눈꺼풀이 쉴 수 있도록."

그는 그녀에게 술 같아 보이는 것을 한 잔 내밀었다. 그녀는 그것을 마시더니 흑진주인 양 입을 오물거리며 입안에서 굴리다가 세면기에 내용물을 뱉었다.

"크레송 주스를 탄 가글액이네. 잇몸이 약해지는 것을 막아 주지."

이렇게 말하면서 하비브는 미시즈 하피를 자리에 앉혔다. 그는 그녀에게 바셀린을 발라 주고 이불도 덮어 주었다. 마치 조각가가 점토가 마르지 않게 조치하듯이. 그리고 그녀를 단지 직업상 그런 것만은 아니게 경멸스러운 시선으로 바라보면서 그녀의 얼굴에 대고 소리쳤다.

"나를 찾아오기 전에 사람들이 당신의 피부에 거의 아무런 기대도 하지 않았다는 것, 그건 인정하시지요?"

"전혀 안 했죠." 그녀가 시인했다.

"아름다움은 한순간입니다……"

잠깐이지만 나는 그들이 주고받는 이 무례한 말들 이면에 서로에 대한 존중이 감춰져 있다는 사실을 알아차렸다. 그들은 마치 고양이처럼 때로는 서로 핥아 주고 또 때로는 서로의 얼굴에 침을 뱉었다. 그녀를 잃겠다 싶으면 바로 그 순간 하비브는 적절한 말과 비위를 맞추는 동작 그리고 곡예사 같은 교정술로 미시즈 하피의 마음을 돌려놓곤 했다. 그녀는 자신에게 살롱에서의 성공을 가져다준 무례하고 거칠지만 찬사를 불러일으키는 태도를 그에게서도 알아보았다. 때로는 진심으로 때로는 무례하게 노골적인 찬사와 위협, 욕설과 모욕을 늘어놓는 그런 태도를.

그가 두 엄지손가락을 앞으로 내밀어 정면에서 볼을 공격했다. 눈언저리를 처치한 뒤 관자놀이에서 코로 손가락을 이동했고 이어서 턱 가운데를 잡더니 거기서부터 귀로 거슬러 올라갔다.

"아름다운 피부를 가지려면 참아야 합니다."

"피부는 아름다운걸요. 주름도 거의 없고." 미시즈 하피가 반박했다.

"주름은 있지만 아름다운 피부지요."

비비가 콧노래를 부르기 시작했다. 마치 오렌지나무들로 가득 찬 아인소파르의 과수원에서 노래를 흥얼거리는 아이처럼.

내 마음의 빛,

자스민꽃은

깊은 강 속으로 사라질 거야

내가 너에게 지치기 전에

리듬을 타면서 그는 거칠게 숨을 몰아쉬며 진귀한 가죽을 가공하듯이 힘을 주어 부인의 고귀한 얼굴을 주물러 댔다. 그러다가 불쑥 말했다.

"프랑스인들을 그들의 군함으로 돌려보내게 내버려 둘 작정이십니까?"

"나는 그 문제와 아무 상관이 없어요. 당신의 의견서는 남편에게 전달했습니다. 남편은 만약 배가 도착하지 않았다면, 잘못은 노동조합인 F.O.(노동자의 힘)에 있다고 하던데."

하비브는 동작을 멈추고 위협적으로 반죽이 잔뜩 묻은 손을 쳐들었다.

"천만의 말씀. 나한테도 정보가 있습니다. 바로 그의 부처가 우리 영해에 프랑스가 다시는 출몰하지 못하게 해야 한다고 주장하고 있소."

그는 눈썹 솔을 들고 그녀를 압박했다.

"내가 당신을 책임자로 여긴다는 것을 명심하십시오. 여성접신론비밀협회인 아르므[43] 등의 프리메이슨 단원이 되는 것이 당신에게 무슨 소용이 있습니까? 이 단체는 은밀히 장관회의에까지 영향력을 마치고 있습니다. 오늘 저녁에 당신 남편에게 이 사실을 알리세요. 당신은 그와 침실을 함께 쓰지 않습니까……(아, 말이 났으니 말인데, 침대에 눕기 전에 체중 재는 것

43 군대, 검술, 무기를 뜻한다.

을 잊지 마십시오.) 남편에게 대학살이 다시 시작될 것이라고 말하세요. 우리 위원회가 보내온 이 전보들을 보십시오…… 시간이 없습니다. 즉시 조치를 취해야 합니다!"

그의 두툼한 손가락들이 흰색 전보들을 꽉 눌렀다.

"아마도 더 이상 우리의 피로 세상을 적시지 않게 될 것입니다. 아마도……"

그녀가 끈적끈적해진 눈꺼풀을 겨우 떼어, 빨갛지만 근엄한 한쪽 눈으로 날을 정했다.

"하라비, 정말 나를 몹시도 귀찮게 하는군요. 하지만 당신은 내게 없어서는 안 될 사람이니."

서양에 와서 자기 출신을 마지못해 밝히고, 가급적 그것을 잊게 하려 애쓰는 많은 동양인들과는 달리 하비브는 개인적인 희생까지 감수할 정도는 아니었지만 나름대로 열렬한 애국자였음을 인정해야 한다. 그는 얼마 전부터 내셔널리즘의 매력에 푹 빠져 있었다. 내셔널리즘은, 미시즈 하피처럼 전쟁 이후 최근에 갖게 된 국적이 어떤 지리적 현실에 부합하는지 알기를 단념하고, 새로운 깃발이 흔들릴 때마다 공손하게 굴복하는 것으로 만족하는 사람들에게, 하비브가 즐겨 강요하는 신랄하고 엄숙한 감정이었다.

깜짝 놀란 그녀는 하비브가 그녀의 눈가 잔주름을 제거할 수 있도록, 감히 그의 말을 자르지도 못한 채 또 모욕을 당할 각오를 하고 그의 말을 경청하고 있었다.

하비브는 계속 설교를 늘어놓으면서 그녀의 얼굴에 고무 재질의 마스크를 덧씌우더니 그것을 머리 뒤로 묶어 고정했다. 그녀의 창백한 얼굴을 이렇게 고정한 붉은 가면이 대체했다. 그가 만족스러워할 만큼 군함 문제를 해결하기 전에는 다신 자신에게 오지 말라고 그녀에게 말하자, 그녀는 안절부절 어쩔 줄을 몰라 했다.

"정말 미워요! 당신은 정말 역겨운 르방탱[44]이에요!" 방수 처리된 마스크 위로 눈물이 흘러내렸다……

미시즈 하피가 진료실을 떠난 뒤 나는 비비에게 말했다. "이런! 난폭한 사람 같으니라고. 그녀는 두 번 다시 오지 않을 거야."

"다시 오지 않는다고? 자! 자! 진정해. 그녀는 이 정도의 치욕쯤은 기쁨으로 받아들여. 마치 개가 기꺼이 채찍을 맞듯이 말이야. 그녀가 떠나면서 뭐라고 말한 줄 아는가? '얼굴에 생긴 농진 전기 치료는 언제 시작할 거예요?'였어. 바로 이게 우리의 방식이야! 거기다 우리를 목요일 저녁 식사에 초대까지 했어."

그는 분명 대단했다. 그의 화장용 분이 아래로 떨어졌다. 치아가 보물처럼 묻혀 있는 구멍, 즉 입 속으로 털이 말려들어 가는 동양풍 수염이 벌써 다시 돋아나고 있었다. 그의 눈은 사람을 꼼짝 못 하게 사로잡는 매력이 있다. 치료를 하는 그의 상반신이 비단 셔츠 밖으로 강한 동물적인 향기를 발산했다. 굵은 털이 거의 투명하게 비치는 듯했다. 우리는 여름이면 비유포르에서 물놀이를 하곤 했었는데, 그때 군의관이 털투성이 곰이라며 비비를 놀려 대던 생각이 났다. 부당하게도 비비에겐 위대한 방랑자들이 갖는 저 확신에 찬 태도와 단호한 몸짓들이 몸에 배어 있었다. 그는 지금도 동양의 카페에서 볼 수 있는, 수연통의 숯불이 잦아들면 새 숯을 가져다주는 이야기

44 Levantin, 지중해 연안 근동 지방 사람을 가리키는 말이다.

꾼처럼, 사람을 사로잡는 힘이 있었다.

이번에는 전기 치료실이었다.

"어서 오세요…… 아가씨…… 부디"

미스 파멜라 모이스가 수술대 위에 등을 대고 나체로 누워 있었다. 그녀는 런던의 드루어리레인 극장에서, 모든 공립학교가 크리스마스 방학 동안 하루에 두 번 그녀의 엉덩이 공연을 볼 수 있도록, 백피증에 걸린 고양이처럼 조지 그레이브스를 대동하고 무대의 뚜껑 문으로 입장했다가 강력 철사로 매달아 둔 무대 안쪽 천장으로 퇴장하는 배우였다. 그녀는 마치 여름에 흰색 유약을 바르고 초원에서 장난을 치면서 노니는 요정 같았다. 그녀의 다리는 매우 유연하여 몸통과 분리된 듯이 보였고, 그래서 또 다른 팔 같았다.

그가 갑자기 내게 말을 걸었다.

"저 도구 내게 좀 집어 줘. 그거 말고! 에보나이트 손잡이가 하나 있어. 개가 잡으라고 있는 게 아니야!"

그는 해부학 수업을 할 때처럼 뼈밖에 남지 않은 저 유명한 육체 위로 고개를 숙였다.

"섬세하고 매력적인 몸매로군." 내가 말했다.

"수많은 백로를 배경으로《더 스테이지》1면에 실렸던 매우 도발적인 몸매지. 남은 이 몸을 봐. 골반은 없고 뱃가죽과 등가죽이 거의 붙어 버렸어."

작은 장식장에는 둥근 광전관이 달린 암페어미터와, 흰 대리석 자판 위에 나란히 정렬된 차단 스위치들이 부착되어 있었다. 광전관에서는 감정 변화에 따라 움직이는 작은 바늘들이 끊임없이 좌우로 흔들렸다. 광전관에 초록색 끈으로 연결된 완충 장치를 손에 들고 하비브는 자갈길을 훑어 내리듯이 미스 파멜라의 몸 위로 금속 롤러를 굴렸다.

"……이 둥그스름한 등, 과도한 운동으로 휘어진 척추……"

그는 눈에 광채를 띠며 냉정한 어조로 이 해부용 작품을 자세히 검토했다.

"겁먹지 않아도 돼. 그녀는 프랑스어를 한마디도 할 줄 몰라. 게다가 설령 알아듣는다 해도 상관없어. 성공한 여자들이 아름답다는 말을 듣고 싶어 한다고 생각하는 자들은 정말 바보들이야. 그녀들에게 쓸모 있는 것은 비관주의야. 정말 멋진 최고의 미인도 '나는 정말 자신이 없어요.'라고 말해. 허풍 떠는 것 같아? 전혀 그렇지 않아. 나도 전적으로 그녀들과 같은 생각이야. 내가 하는 역할은 그런 여자들을 부추기는 거야. 동정심 많은 내 아버지 샤픽이 고치 수확이 좋지 않을 때면 터키 사람들을 선동하고 부추겼듯이 말이야. 우리 같은 동양인이 성공하는 비결 중 하나는 언제나 남을 의심하면서 자신을 의심할 생각은 절대로 하지 않는 거야."

"그럴 리가! 난 나무와 쇠, 도자기 같은 것들을 수선해."

"농담하나, 아름다움을 위해 남자들에게 치르게 하는 비용과 그것이 내게 가져다주는 수익을 생각해 보면! 이 여자를 봐…… 미덕을 지키느라 추해지는 것과 쾌락을 추구하다 지쳐 떨어지는 것, 어느 것이 나을까, 그걸 아는 게 가장 중요해…… 아! 이 여자는 저녁에 더 젊어 보이려고 낮에 내내 잠만 자는 그런 여자들과는 달라! 무슨 결혼식 얘기가 아니잖아!"

실제로 미스 모이스는 떠들썩한 분위기를 좋아하고, 늘 기진맥진 녹초가 되어 있지만 결코 지치는 법이 없으며, 술병을 들고 온 집안을 돌아다니고, 연락용 비둘기를 통해 다름슈타트에서 받은 코카인 연기를 들이마셔 코는 빨갛고, 러시아

미녀들을 거느리고 연일 폭음 폭식에 빠져 사는 등등, 부랑자 같은 면모가 있었다.

끝에 유리 손잡이 또는 구리공이 달려 있는 이상한 모양의 고정 장치들은 사슬에 묶인 채 집을 지키는 불도그 같았다. 그 장치들은 납 표면을 자극하는 작은 정류자의 브러시들 쪽으로 움직였다.

"귀여운 아가씨, 이 기계가 미세한 깃털 솔처럼 당신을 마사지하면서, 구조파 요법으로 부드러운 전지파[45]를 온몸에 퍼트려 줄 거예요."

미스 파멜라는 다리를 들어 올린 채 새로 맡은 배역을 연습하고 있었다.

우리는 브라이튼으로 내려갈 거야
샴페인이 짠지 알아보려고
바닷가에서
바닷가에서……

"오! 당신이 나를 이리 쓰다듬으니! 기분이 좋군요." 그녀가 말했다.

하비브는 그녀의 머리에 진동 헬멧을 씌웠다. 그리고 그녀를 절연체 의자에 앉혔다. 마치 전쟁 기념물을 위해 포즈를 잡아 주는 장면 같았다. 이어서 그는 그녀의 머리 위에 뾰족한 샤워기 같은 것을 레일 위에 돌출되도록 설치했다. 그것이 종유석 모양의 조잡한 장식들을 환자에게로 집중시켰다.

45 그는 '고주파'와 '전자파'를 잘못 발음했다.

"빈혈, 불안, 우울증이 있을 경우, 이것이 그녀에게 규칙적으로 나타나는 흥분 상태를 그 강도만큼 표시해 줘."

그 순간 하라비 부인의 목소리가 들려왔다.

"비비! 비비!"

"저 망할 놈의 신기! 알겠지, 그녀가 얼마나 잘 듣고 있었는지! 이 기계가 작동하는 소리가 들리기만 하면…… 나, 지금 알제리 보병과 함께 있어."

그의 말을 듣고 그녀는 안심하는 듯했지만, 동양에서 부부가 흔히 그러듯이, 여자는 유리창처럼 요란하게 혼자 떠들어 대기를 멈추지는 않았다.

결국 하비브는 문 쪽으로 다가가 물었다.

"케이스에 든 캐러멜 사탕이 필요한 거야?"

한 편의 코미디 같은, 이 우스꽝스럽고 기이한 진료의 진면모가 여실히 드러났다. 하지만 그들은 각자 자연스럽게 자기 역할을 하고 있었다. 미스 모이스는 지우개처럼 생긴 과일을 잘근잘근 씹으면서 기다리고 있었다. 갈바니식 대형 전기욕조가 머금은 초록빛 진흙은 움직임 없이 잔잔했다. 하비브 부인의 목소리가 점점 잦아들었다.

"내 아내는 화가 나면 심기가 불편해져서 늘 이러지, 알겠지만. 언젠가는 미친 듯이 화를 내며 진료실에서 내게 라듐 1그램을 던진 적도 있어."

그가 내게 보내는 신호에 따라 나는 크랭크 핸들을 돌렸다. 전지 부품들이 물속으로 잠겨 들어갔다.

갑자기 그가 불빛을 흔들어 댔다. 비단 찢어지는 소리와 채찍 휘두르는 소리가 들렸다. 그 소리는 내게 매스켈라인과 그의 마술 극장의 재미있는 물리 실험들을 떠올리게 했다.

"그녀 몸에 손가락을 대 봐."

파멜라를 살짝 건드리자 내 몸으로 전류가 흐르는 것이 느껴졌다. 그가 나를 잡았고 나는 그녀를 잡은 채, 우리 셋은 모두 강렬한 파랑돌 춤이라도 추듯이 똑같이 찌릿찌릿한 느낌을 온 몸으로 느꼈다.

바로 그때였다. 기계가 본격적으로 작동하기 시작했다.

갑자기 천장에서 짧지만 깜짝 놀랄 만한 번개가 미스 모이스에게로 내리쳤다. 눌려 있는 그녀의 근육들이 튕겨 올랐지만 힘줄이 가까스로 붙들었다. 드문드문 군데군데 붙어 있는 그녀의 살들이 무너져 내렸다. 마치 극도의 공포심을 느낄 때처럼 단번에 온몸의 털이 곤두서더니, 좀 전까지도 부드러운 천처럼 유연하던 그녀의 금발이 경련을 일으키며 빳빳해졌고, 그녀의 가슴이 격하게 옆구리 쪽으로 출렁였다.

오존 냄새가 사방으로 퍼져 나갔다. 매일 저녁 쇠줄에 매달려 하늘로 올라가던 그녀가 지금은 전기에 감전된 악마, 자백한 뒤 머리가 이상해진 점술가, 더 이상 희망이라곤 간직할 수 없는 창백한 등불 아래 구리 브러시에서 분출되는 보랏빛 불꽃 새장 속에 갇힌 번쩍이는 고슴도치일 뿐이었다.

산책하면서 우리가 공원의 진달래꽃을 온통 뒤집어 놓은 어느 날 오후, 하비브가 자신은 원격 치료를 할 수 있고 통신으로 고객에게 처치를 할 수 있다고 내게 긴 설명을 늘어놓던 그날, 나는 그에게 화가 치밀었다. 솔직히 그는 신문의 4면에 등장하는 돌팔이 의사 같았다. 그가 손가락에 낀 루비 반지를 기차 출발을 알리는 붉은빛 손전등처럼 흔들어 댔다.

"진짜 의술인지 아닌지 누가 알겠어?" 그가 대답했다. "대학 교수들은 니제르의 마법사들과 매번 하는 짓이 똑같아. 수세기가 흘러서 지금은 마취와 주문을 분리하지. 거의 똑같은 결과를 가져오는데도 말이야. 자네 의약품의 역사 정도는 아는가? 질병의 역사는? 보철 기구의 역사는? 당연히 모르겠지. 아무도 몰라."

그가 금으로 만든 샤프펜슬을 꺼내더니 자신의 카드에 짧은 쪽지를 써서 내게 건넸다.

"알아 둘 필요가 있어. 내일 찰스 발르리 스컴즈 경의 집에 가 봐. 그는 내 친구들에게 유사 요법을 처치하는 캐나다인 의사야. 유명 인사들이 다 그러듯이 그도 집에 없어. 하지만 자네가 그의 의학사 박물관을 둘러볼 수 있게 해 줄 거야. 그곳은 이 불가사의한 도시의 알려지지 않은 명소들 중 하나지. 접근이 힘든 곳이야. 그렇지만 하비브는 뭐든지 다 열 수 있어."

그랬다. 런던 한복판의 위그모어 거리에는 골동품과 알록달록한 빛깔의 따분한 델프트 자기들, 왕궁에 모자를 납품하는 제작자들과 발 치료사들이 모여 있는 골목이 있었다.

나는 어느 조그마한 집으로 들어갔다. 거무튀튀한 나무로 만든 번들거리는 대형 기념물들로 꾸며진, 부르주아처럼 차려입은 집이었다. 잠시 기다렸다가 나는 유리벽으로 된 화랑 안으로 들어갈 수 있었다. 대충 훑어보는 데 걸어서 5~6분이면 충분했다. 아치형 개선문 아래 리놀륨을 깔아 둔 통로 양옆으로 진열창이 늘어서 있었고, 마법의 약과 부적부터 정교해진 현대적 의료 기기들에 이르기까지, 의술의 역사가 학술적으로 진열되어 있었다.

진기한 자연의 물건들을 모아 둔 진열실에는 신비한 힘을 가진 조잡한 물건들이 펼쳐져 있었다. 미라의 부적, 낡은 비단 케이스 안에 든 말라비틀어진 간질 퇴치용 작은 두더지 발, 구멍이 숭숭 난 운석에 매달려 있는 악몽 퇴치용 열쇠들, 나폴리의 발코니에 달려 있는 것과 유사한 손가락 두 개를 펼치고 있는 빨간 장갑을 낀 손, 주물(呪物), 폴리네시아 치유의 돌, 천년의 성 유물과 그런 유의 신앙에서 생겨난 또 다른 눈속임용 사기 성물들.

내가 인조 안구의 역사를 눈여겨보지 않고 지나치자, 나를 따라오던 첼시의 상이군인을 닮은 늙은 하인이 그런 나를 힐책했다. 그 자리에 하비브가 있었더라면 아마도, 의학이 원시적인 처방을 내리던 시대에도 미용술은 이미 상당한 발전을 이루었다고 내게 설명해 주었을 것이다. 아름다움의 훼손을 연기하는 기술은 이미 고대에서부터 눈부신 발전을 거듭해 왔다. 눈부시게 하얀 이집트의 의안, 타조 알껍데기로 만든 가짜 각막, 은으로 만든 로마의 의안, 17세기 이탈리아의 조립식 의안 등. 1815년경에는 비약적인 발전이 이루어졌다. 최초의 유리 눈알이 등장한 것이다. 그것은 잘 고정되지 않는 우스꽝스럽게 놀라는 표정의 반투명 유리 의안인데, 부르봉 왕조가 복귀하는 꼴을 보려 한 건지 그해 프랑스에서 만들어졌다.

다음으로 수세기에 걸쳐서 분만 도구들이 여인네들을 능지처참해 왔다. 이쪽은 아우구스투스 시대의 복부 확장 기구, 또 저쪽은 여신들의 분만을 위한 괴물 같은 겸자들. 파피루스 종이를 바른 벽에 걸려 있는 채색 삽화들. 우리 인간이 피를 흘리며 이 세상에 온 것을 찬양하는 출산 장면들이었는데, 그림을 뚫고 끔찍한 비명이 들리는 것만 같았다.

이제 주사기들이 등장했다. 뼈로 된 노즐, 구멍을 낸 대나무들, 대형 대포에 쓰이는 것 같은 주석으로 만든 관장용 주사기, 귀족들의 저 자랑스러운 명구로 장식된 긴 상아 호각 모양의 고름 짜내는 펌프 등.

다음으로 나는 규석을 가공할 수 있게 된 후에 등장한 수술용 칼의 역사를 알게 되었다. 종기를 터트리는 데 사용된 태평양의 화살촉, 역사적인 대전투에서 사용된 휴대용 작은 톱, 헤이그 박물관의 혐오스러운 고문대를 상기시키는 수술대에 장착된 네덜란드의 개두 수술용 드릴 등.

몇 계단 내려서자 해부용 조직 절편들을 수집해 둔 방이 나타났다.

인체의 신비. 먼저 밀폐된 항아리 하나. 성스러운 문턱 같은 것으로 모든 종교의 접근을 금지해 왔고, 주술이나 의식을 통해 외부에서 그것을 다루어 왔다. 해부의 은밀한 시도들, 마치 뚜껑을 자른 듯 단면으로 잘라 열어 놓은 배 속에 내장과 태아의 축소 모형을 넣어 둔 아랍의 작은 상아 인형들. 다음으로 18세기 프랑스에서 제작된 해부도들. 창백한, 그리고 이미 너무도 정교해진 밀랍 모형들. 장미나무 탁자 위에 놓인, 훨씬 더 세밀하게 상감 세공된 가짜 시체들, 머리카락에 분칠을 한 채 우아하게 잠들어 있는 목이 절단된 어느 여인의 몸. 나폴레옹의 작품인 프랑스 제1제국의 저 독특한 부인을 어떻게 잊을 수 있겠는가? 그녀는 반으로 쪼개져서, 마치 시체가 평석 아래에 드레스 반쪽은 남겨 두고 무덤을 빠져나오기라도 한 것처럼, 반은 신그리스풍 드레스를 입은 모습이고 나머지 반은 해골의 모습이었다. 그리고 의사 앞에서 옷을 벗어야 하는 상황을 피하기 위해 붓으로 통증 부위를 표시해 둔 일본의 작은 조각상들도 있었다.

두개골 컬렉션은 분명 내가 보았던 것들 중에서 가장 완벽했다. 나는 머리의 이 부분을 좋아한다. 구운 캐러멜색의 두개골 또는 석회를 발라 하얘졌거나 녹슨 것처럼 고색 짙은 두개골들, 코란의 구절들을 새기고 종족 표식을 해 둔 아랍인의 두개골, 터키옥과 은, 나전으로 상감한 잉카족의 두개골, 난폭하게 그린 줄무늬로 고통스러워하는, 가죽으로 감싼 신성 불가침한 두개골, 봉헌한 못이 가득 든 콩고인의 두개골, 그리고 페루인들이 비밀스러운 방법으로 주먹만 하게 축소한 불가사의한 인간의 머리들. 축소했음에도 일그러진 검은 잔주름들은 원래 제 비율 그대로였고, 축소된 머리카락까지 매우 특별한 난쟁이들이었다.

전시실을 막 나서려는데, 장송곡을 지휘하듯이 내가 이 입문 단계들을 하나하나 거치는 것을 보고 흐뭇해하며 앞장서 가던 안내인이 내게 자신을 따라 철 계단을 내려오라는 신호를 보냈다. 두 층을 내려가자 갑자기 전등이 켜지면서 지하실의 스위트룸이 환하게 밝아졌다. 나는 의료계의 모든 신들과 그들의 가르침을 전도하는 사제이자 치료사 또는 약사에게 인사를 했다. 그리스 은행가들처럼 턱수염을 기른 올림포스의 신들, 개구리 앞에 있는 뿔난 멕시코의 신들, 음흉하게 웃는 뉴질랜드의 발기한 신들, 아스텍 죽음의 여신 조각상들, 실크해트를 쓴 카프라리아 악마들, 라피아 야자수 수염을 달고 목에 쥐발 목걸이를 건 흑인 점쟁이들, 독극물의 맑은 윗물을 따라내기 위해 코뿔소 잔을 든 중국 승려들, 알칼로이드를 열 개 발견한 펠러티에와 카방투, 의사 조합의 깃발과 자격증을 들고 구레나룻을 기른 빅토리아 여왕 시대 의사들의 초상화, 암살을 저지르고 아직도 파랗게 질린 채 왕좌에 놓여 있는 미스 카벨의 하얀 조각상.

앞으로 조금씩 걸어가자 지금까지 학계 바깥에서 발전해 온 흉악한 도구들이 어둠 속에서 하나씩 눈에 들어왔다. 구멍이 뚫린 의자들, 분만용 안락의자, 목발, 듣도 보도 못한 열쇠들이 수북이 달려 있는 정조대, 의자 등에 칼이 붙어 있는 중국의 고문 의자, 형장으로 갈 때 사용된 독일의 철가면, 못이 박힌 에스파냐의 채찍, 이스트엔드에서 압류된 아편 흡입용 도구들, 엘리자베스 여왕 시대에 질식한 사람을 소생시키기 위해 사용되던 쇠 풀무, 분리될 수 있는 둥근 손잡이 속에 마약을 넣어 다니던 의사들의 지팡이, 창자 덩어리와 헤르니아와 난소 그리고 혀의 형상을 본떠 구운 진흙으로 만든 봉헌물. 17세기에 제작되던 꾸밈없는 가구의 매력을 물씬 풍기는 정교한 솜씨의 기계 팔, 무지개 빛깔 광택이 은은하게 배어 나오는 고대 시리아의 요강, 선인장 가시가 박혀 있는 음산한 방자 인형들, 유리, 숟가락, 잉크병 등 인간의 몸을 관통했던 온갖 물건들의 컬렉션, 카스트 우두머리들의 자살을 위해 독을 넣은 악어 알들, 수면병을 치료하는 큰 환약들, 금장식이 된 검은 가죽으로 왕의 배변을 돕기 위해 만든 배 모양의 관장 용기, 하렘의 천장에 매달린 다산을 기원하는 고환 모양 난쟁이 강낭콩 등.

바로 그때 거의 신이 된 제롬 보시와 그의 표현주의 학파에 속하는 플랑드르 화가들이 그린 알 속에서 득실거리는 균류와 구더기 같아 보이는, 사람 같지 않은 망령이 갑자기 내 앞을 가로막는 바람에 나는 화들짝 놀랐다. 고름 색깔의 방수복을 입은 표정 없는 그 망령은 이탈리아 희극에 나오는 가면처럼 무시무시한 검은 부리 양쪽으로 올빼미같이 생긴 눈에서

빛이 뿜어져 나왔다. 코에는 항초들이 가득했다. 나는 페스트에 걸려 수많은 사람들이 죽어 나간 런던의 대흑사병 시대에 살았던 한 의사의 마네킹 앞이었다. 그가 지하축제에 초대받은 첫 번째 손님이었다. 치료 장면에 등장하는 인물들은 공기도 희박한 동굴 속에서 지하철을 피하느라 케이블과 하수구를 가로질러 길을 개척해 가며 진료를 받기 위해 터소 미술관[46]의 이웃 형제들과 합류했다. 그들은 바닥의 역청 섞인 물속에서 날치와 악어가 양귀비 씨들 사이로 헤엄쳐 다니는 동굴 속 연금술사들이었다. 거기서 무대의 숯불에 자극받은 괴이한 모양의 증류기들이 불그스름한 액체를 증류하여 벽에 거대한 문구를 새기는 것 같은 특수 효과를 시험하고 있었다. 한쪽에는 피범벅이 된 구덩이 속에서, 누군가 다리와 팔이 함께 묶인 한 남자의 머리 가죽을 벗기고 있는 이발소가 있었다. 또 다른 쪽에서는 리비히[47]가 게오르그 1세 시대에 정신 병원 독방에 구금되었던 한 광인을 자신의 첫 실험실에서 비명에도 아랑곳하지 않고 사형 집행 도구로 처치하는 모습이 보였다. 루이 15세의 진열대에서는 한 터키인 약제사가 사슴뿔과 일각돌고래의 뿔 그리고 마졸리카 도기로 만든 방향제 단지에 둘러싸인 채 안정감 있는 저울로 내게 준 독의 무게를 달고 있었다.

하비브의 생각이 옳았다. 마법사들, 그들의 마법으로 치

46 스위스의 여성 밀랍 인형 세공사 터소가 세운 런던의 밀랍 인형 전시관

47 Justus von Liebig(1803~1873). 독일의 화학자

유되었던 저 왕들, 구멍을 뚫어 악마가 달아날 수 있도록 천두 시술을 했던 석기 시대의 원시적인 외과의사들, 전설이 된 의사들, 마법의 증류수 제조인들, 의과 대학의 약제사들보다 한층 신에 가까워진 저들, 그랬다. 하비브는 오로지 경험에만 의존했던 저들의 전통을 계승하고 있었다. 그는 적어도 오만하지는 않았기 때문에 저들보다 좀 더 진리에 가까이 있었다. 또한 가장 알려지지 않았기에 가장 두려운 힘을 향해 나아갔다. 그 힘을 통제하거나 그 힘들과 교감하면서, 그는 먼지가 자욱한 어느 마을에 누워 쉬고 있는 저 동양의 신들에게서, 그중에서도 특히 기원전 5000년에 이미 의술이 발달했던 칼데아의 수호신에게서 영감을 받은 자임이 분명했다. 그는 내가 방금 알아보았고 이후로 결코 잊지 못할 깊은 바다의 신 오안네스였다. 나는 하비브에게 그의 기술이 히포크라테스 이후 실수로 의학에서 분리된 형이상학에 이르렀다고 그에게 말하리라 결심하고 그곳을 빠져나왔다.

*

초대받은 사람은 스무 명 남짓이었다. 그 집의 안주인은 아직 자리에 없다. 잠시 어색한 시간이 흐른 뒤 사람들은 모두 마치 항해를 시작한 첫째 날처럼 서둘러 서로 친분을 맺느라 바빴다. 마침내 미시즈 하피가 나타났다. 여전히 성미가 급한 그녀는 우리와 가까워질 때까지 기다리지 못하고 벌써 계단 위에서 불쑥 우리에게 말을 걸어왔다. 금사 숄을 손에 든 채 뛰다시피 입장한 그녀는 입술을 살짝 깨물고 초대 손님을 한 사람 한 사람 바라보며 우리에게 미소를 보냈다.

몇몇 손님에게는.

"어머! 당신도 식사에 와 주셨군요? 정말 기뻐요!"

하비브는 격식을 갖추어 정중하게 그녀에게 인사를 했다. 그는 먼저 거의 눈에 띄지 않는 동양인 특유의 감동한 시선으로 재빨리 보석을 바라보았지만, 몸을 일으킬 때는 벌써 거기서 시선을 거둔 뒤였다. 이곳에서 사람들은 위아래로 그리고 오른쪽 왼쪽으로 재빨리 훑어보는 그런 시선을 조롱하여 성호긋기라고 불렀다. 그는 마치 작가가 살롱에서 자신의 작품이 낭송되는 것을 경청하듯, 호화로운 밤을 위해 한껏 치장한 어깨와 채비한 가슴을 감탄 어린 눈으로 바라보았다.

그는 검은색 옥 단추가 달린 연미복을 입고 있었는데, 재단이 잘되어서라기보다 워낙 옷감의 신축성이 좋아서 몸매가 그대로 드러났다. 단춧구멍에는 리비에라 플라워 익스프레스 편으로 니스에서 그날 저녁 도착한 동백꽃이 꽂혀 있었지만 시든 샐러드 같았다. 요전 날 저녁에 한 이탈리아인이 tutto vestito di lusso라고 말한 것처럼 그는 한껏 호화롭게 옷을 차려입고 있었다.

이제 유명한 외국인이 된 그는 식탁에서 미시즈 하피의 오른편에 앉았다. 그녀의 왼쪽에는 대법원장이 있었다. 이 음식 법정에서 은식기와 촛불에 둘러싸인 하비브는, 자기 변호인들을 신뢰하는 피고인처럼, 그녀들의 높은 작위만으로도 그에게 유리한 변론이 되어 줄 두 부인 옆에 바짝 붙어 있었다. 그를 위해 베풀어진 대연회 같았다. 허리를 곧게 펴고, 왁스칠을 하도록 다리를 꼿꼿이 세운 채 자신의 구두를 내맡기고 산딸기 파르페를 음미하는 그의 모습은 마치 근동 지방의 부자 같아 보였다. 미시즈 하피는 식사가 시작되자마자, 누구나 드나드는 백화점마냥 완전히 개방적인 태도로, 몇 가지 아이디어를 연달아 내놓더니 곧이어, 언제나 바로바로 자기 생각을 표현할 수 있는 사람들이 갖기 마련인 자신감과 우월감을 보이며 말을 하기 시작했다. 식탁에서는 말랑말랑하게 반죽된 우화 같은 이야기들이 난무했다. 과일을 담아 둔 장식용 유리 식기에 음식을 씹는 입들이 반사되어 보였다. 음식이 코로 들어가지 않는 것이 놀라울 정도였다. 흰색 다마스천으로 된 옷을 끔찍한 스타일로 과장스럽게 차려 입은 흑인 하인들이 찰스2세 접시로 파인애플을 날라 주고 있었다.

이따금씩 전화벨이 울렸다. 그럴 때면 조리장이 그물 레이스 모양의 수프 그릇 뚜껑을 열고 전화기를 꺼내어 그것을 미시즈 하피에게 보여 주었다. 그녀는 긴 발이 달린 샴페인 잔에 코를 박듯이, 수화기 속에 코를 집어넣었다. 그녀는 사람들에게 신경 쓰지 말라고 연신 손짓을 하면서도 사방에서 들려오는 이야기를 계속 주의 깊게 들었다. 그녀는 웃었고, 그 선을 타고 그녀의 소란스러운 생활이 마치 벼락처럼 빠져나가 땅아래로 자취를 감추었다.

그녀는 보편적인 주제로 대화하기를 원했다. 따라서 그녀는 마침내 취하고 나서야 흐릿해진 생각을 내려놓는 저 느려터진 회식자들을 끈질기게 공략했다. 그녀는 자신이 온갖 일들을 다 겪어 보기라도 한 것처럼 되는대로 아무 말이나 해 댔다. 사랑의 모험을 즐겼고, 밤을 지워 버렸고, 한 번 입은 속옷을 불태우고, 우리의 강박증, 용서, 세탁은 경험해 보지 못했고, 급진주의자들과 지참금 없는 그들의 딸, 그들의 h 없는 발음을 경멸했지만 그들이 대귀족의 신분과 총독의 지위를 가졌으면 그 이유로 그들에게 관용을 베풀었다.

어떤 경우에도 개별적인 대화들은 이곳에서 지켜야 할 일정한 흐름을 따라 두 번째 음식이 나올 때까지는 어느 한 방향으로 진행되다가, 이어서 식사를 하기 위해 자동적으로 반대 방향을 취하곤 했다. 미시즈 하피는 하노버스퀘어의 전류들 중 하나가 그녀가 앉은 의자를 관통하기라도 하는 것처럼 몸을 떨곤 했다.

"하비브는 도무지 감당할 수 없는 사람이에요. 어제 저녁에는 이곳에서 시를 낭송하는데, 그가 아스키스 씨에게 사교계 인사 모임에 망할 놈의 법관 따위는 필요 없다고 말하면서 그를 밖으로 내쳐 버렸어요. 이 모든 것이 내 남편이 비이슬람 소수 민족에게 관심을 갖기를 거부하고 있어서 그러는 거예요."

그녀는 하비브를 자랑스럽게 바라보았다. 마치 큐가든스의 정원사들이 일요일마다 자신들이 탐스럽게 길러 낸 이국적인 과일을 살펴보듯이. 그녀는 그를 경멸하면서도 한편으로는 그를 신뢰했다. 그녀는 하비브를 대귀족 신분에까지 올려놓을 것이다. 하지만 그녀 옆자리까지는? 글쎄……

그녀가 말했다.

"부왕이 하비브의 말만 들었더라도 아일랜드는 1년 더 일찍 진정되었을 텐데."

또는 "하비브는 전쟁이 우주적 질서에 따른 현상이라고 생각하는데, 나름 근거가 있어요."라고.

하지만 식탁 저편에서 또 이런 말도 할 것이다.

"하비브, 머리 좀 깎아요!"

또는 "목에 때 낀 더러운 역겨운 근동 지방 사람 같으니."라고.

하비브는 그녀의 남편이 결정권을 쥘 테고 자기들 모두를 속이리라는 것을 알기에 지금은 수모를 견디고, 또 다음 날부터 미시즈 하피를, 그녀와 그녀의 주름을 다시 찾아다닐 것이다. 아이 같은 그녀를 그는 울리기도 할 것이다. 저 쓸모없는 모든 단어들 중에서 남게 될 것은 영원한 원망뿐이리라. 우리의 우정에서 그 원망은 그리 쓰라린 것도 아니다.

세 가지 색깔의 설탕과 함께 커피가 차려졌다. 그중에서 나는 욕조용 소금처럼 생긴 세탁용 소다 모양의 장밋빛 설탕을 집어 들었다.

흡연실에서 나는 하비브에게 저 두 부인 사이에 있다니 정말 탄복했노라고 말했다. 그는 손가락을 모아 입술에 갖다 대고는, 입에서 눈에 보이지 않는 마법의 입김이라도 뿜어내는 듯 손톱들을 앞으로 튕겼다. 그러고는 끌끌 혀를 찼다.

"내 손을 별로 본 적이 없었나? 그런가?"

그는 손바닥으로 나의 회중시계를 내려쳐서 시계의 유리를 박살냈다.

우리 주변에는 옷자락으로 바닥을 쓸고 다니는 실내 관엽식물처럼 생긴 드레스를 뒤집어 쓴 부인들이 있었다. 그중 어떤 이는 모자에 왕관 장식을 하여 한껏 권위를 부리기도 했고, 알록달록한 불꽃 모양 귀고리를 귀에 건 또 다른 부인들은 눈에 생기라곤 없어서 마치 '당신이 지금 나를 죽이는군요!'라고 말하는 듯했다.

"참으로 각양각색이야, 근데 또 모두 모두 너무나 비슷비슷해." 내가 말했다.

"나의 벗은 몸이나 자네의 벗은 몸이나 비슷할 거야." 파우스트가 바그너에게 선언하듯 말했던 이 문장은 열 살 때의 나를 불안하게 했었다.

"여자의 몸은 그 무엇이든 나와 무관하지 않아." 하비브가 거들먹거리며 말했다. "나는 그 몸을 만지작거려서 모습을 바꾸고 새롭게 만들어 내. 나의 재창조는 오래가지는 못하지. 하지만 영원히 지속되는 것이 뭐가 있어? 그녀들의 육체가 그럴 수 있나?"

그는 손가락으로 천장에 그려진 독수리가 부리에 물고 있는 샹들리에 위의 하나님을 가리켰다.

"적어도, 난 미리 알려 줘. 내 손으로 가다듬은 늙은 여인들에게 '어서 서둘러 가세요. 두 시간도 안 남았어요.'라고 말해. 나는 창의적이야. 또 헌신적이고 낙관적이지. 그래서 그녀들이 매번 전투에서 더 심하게 상처 입고 돌아오면 저 전투의 제일선에서 그녀들을 고쳐 주곤 하는 거야……"

그때 한 하인이 하비브에게로 와서 전화로 누군가 그를 찾는다고 말했다. 그는 그 하인에게 자신이 자리를 뜰 수 없고, 영국인들은 입에 죽을 머금은 듯 우물우물 말하기 때문에 말을 잘 알아듣지 못했다고 대답해 달라고 요구했다. 그리고 집에서 통화하자는 말도 부탁했다. 그가(그는 근동 지방의 가장 비천한 나귀몰이꾼이었던 자신이 세상의 중심이라고 생각한다.) 말을 이어 갔다.

"……이래서 모든 여자가 나의 동지야. 어디든 여자가 한 사람이라도 있으면 나는 당장 거기로 가. 우리는 마치 건전지의 양극처럼 곧 서로를 알아보지. 내 평생 문전박대당한 적이 있었는지는 하나님만 아실 거야! 결코 단 한 여자도 그런 적이 없다는 것을 믿게 될 거야. 한번 힐끗 보기만 해도, 자네도 알겠지, 그녀들의 속마음이 다 보여, 요즘 소위 말하는, 여자들 몸속을 들여다보게 해 주는 내시경의 도움 없이도 말이야. 나는 그녀들이 무엇을 좋아하는지, 누구를 좋아하는지, 그녀들의 나이와 과거를 알고 있고, 본인보다 먼저 임신의 비밀을 알아맞히는 경우도 종종 있어. 그렇게 놀라운가? 자, 봐 봐, 비비는 있기도 하고 없기도 해. 의사는 아니지만 그 이상이지. 비비는 무엇이든 하지만, 아무도 그에게 뭐라고 하지 않아. 또 사교계에 종속되지 않으려고 늘 조심해 왔기 때문에, 사교계가 늘 그의 손아귀에 있어."

허풍을 떨어 대며 그는 이렇게 거의 기계적으로 자기 자신에 대해 엄청 화려한 찬사를 늘어놓았고, 손을 날래게 움직여서 과거 나폴리에서 제과점 진열대에 달려드는 파리 쫓는 일에 고용되었던 그 손으로(설탕가루는 건드리지 않고 파리를 잡는 그의 손동작을 고객들은 매우 칭찬했었다.) 그는 걱정거리들을 쫓아내듯 연신 손사래를 치면서, 자신의 미래에는 해가 되지 않지만 다른 사람들의 미래에 개입하는 말을 계속 이어 갔다.

아까 그 하인이 다시 왔다. 그는 감히 고집스럽게도 쟁반에 전화기를 받쳐 그에게 가져왔다. 퍼트니에게서 걸려 온 전화였다.

"말씀하세요. 아?…… 아?……"

하비브는 수화기 너머로 상대편의 말을 계속 듣다가 갑자기 내게로 몸을 돌리더니 낯빛이 바뀌면서 인상을 잔뜩 찌푸렸다.

"……그녀를 꼼짝 못 하게 잡아 두시오. 지금 가리다."

*

진창길 위에 니켈로 도금한 리무진 한 대가 정면에서 오더니 하얀 바퀴를 보도에 나란히 정렬하고 멈춰 섰다. 바다를 머금은 비가 작은 공원을 씻어 내리고 있었다. 팔다리가 절단된 상이 실업자들이 포석 위에 그린 파스텔 색조의 그림들이 지워졌다. 보도가 조금도 흔들리지 않는 것이 놀라웠다. 무도회가 끝난 뒤의 셔벗 아이스크림처럼 밤이 물로 변했다. 바람이 스쳐 지나가며 내리닫이 창문을 흔들어 댔지만, 우리 집 건물 외관에 달린 차양에 요란스러운 소리를 내며 부딪칠 정도는 아니었다.

하비브는 담요로 발을 감싼 채 담배를 필 수 있게 총구 같은 구멍만 내고 털외투의 깃을 세웠다. 어둠 속에서 가로등 세 개가 그의 눈에 세 번 번쩍 불을 비췄다.

"나는 납품업자들이 드나드는 문을 통해 여자들 집 안으로 들어간 덕분에 결국 그 집의 모든 비밀을 환히 꿰뚫게 되었어. 다들 맡은 일들을 해. 고장 난 것을 고치고, 간단한 수리 작업도 하고. 이런 종류의 공장에는 많든 적든 언제나 할 일이 있어. 저 부실한 몸들이 얼마나 딱딱한지 자네가 안다면! 희망만큼이나 단단해. 그녀들은 섹스를 해…… 그 몸속에서 사내들은 수백 번 죽어 나갔을 거야. 이 모든 것은, 그녀들의 몸속에 단단히 뿌리박힌 삶에 대한 열망 때문이야…… 들은 바로는, 이제 병이 깊은 여인을 보게 될 거야. 그녀는 늙은 주치의를 불러오라 할 수도 있었을 텐데(당신도 영국 의사들을 알 거야. 독일에서 일했던 몇몇 의사는 제외하고……), 전혀 그러지를 않았어. 비비를 불러 달라고 했지. 왜였을까?"

"밤이 해 주는 조언이 있지, 이상한 조언……" 그를 바라보며 내가 답했다.

세로로 흰색 글씨가 쓰여 있는 어두컴컴한 네모진 굴뚝들, 아크등 불빛 아래 오스트레일리아산 냉동 고기가 진열된 정육점 그리고 거대한 게시물들이 우리 옆으로 즐비하게 늘어서 있었다.

퍼트니 다리를 지나자 하비브는 소리를 전달하는 전성관을 손에 잡고 운전기사에게 길을 안내했다. 먼저 우리는 가파른 비탈길을 기어올랐다. 언덕배기에 이르자 선모(仙茅)처럼 헐벗은 검은 나무들이 늘어선 벌판이 나타났다.

간혹 무리진 사람들과 함께 덜덜거리는 오토바이가 우리를 스쳐 지나갔다. 최근에 아스팔트를 깐 길 위로 가슴과 어깨를 드러낸 한 부인이 자전거를 타고 지나갔다.

반짝반짝 광이 나는 하비브의 구두에서 마음을 자극하는 날카로운 소리가 났다. 우리의 오른편으로 퍼트니 커먼, 그리고 토요일마다 열리는 크리켓 경기로 마모되고, 헐거워진 모터에서 흐른 기름으로 얼룩덜룩해진 그곳의 잔디밭이 펼쳐졌다. 우리는 벽돌로 지은 고딕 양식의 한 별장에 도착했다.

담쟁이덩굴이 풍성하게 늘어진 산책로 안쪽에 예쁘게 구멍을 낸 아연 왕관 위로 낡은 등이 하나 보였다. 풀을 먹여 빳빳한 커튼이 내려져 있었다. 우리가 도착하자 문이 열렸다. 입을 꽉 다문 한 하녀가 마오리족의 카누, 갑주 한 벌, 투창, 전화박스로 변신한 가마 등이 장식된 대기실로 우리를 들여보냈다. 우리는 한 층 올라가서, 친츠 천으로 장식된 방들을 가로질러 강한 페놀 향이 느껴질 때까지 앞으로 걸어갔다.

“조잡한 양식이군.” 감수성이 매우 예민한 비비도 이렇게 말했다.

“그녀는 저녁 내내 괴로워하며 신음했어요. 그러더니 갑자기 자살을 시도했어요. 그러자 이것이 흘러내리기 시작했고. 어떻게 해도 멈출 수가 없어서.” 하녀가 설명을 늘어놓았다.

하얀 입술에 눈에 짙은 푸른 색 멍이 든 매우 아름다운, 밀랍 같은 한 젊은 여인이 미동도 없이 침대에 누워 있었다. 그녀에게는 우리가 보이지 않는 것 같았다. 그녀의 주위에는 붉은 대야, 붉은 스펀지, 붉은 수건들이 늘려 있었다. 침대 시트들도 가로놓여 있었다. 머리 위에서 갈아입힐 내의를 찾는 하인들의 발걸음 소리가 분주하게 들려왔다.

나는 그때의 하비브를 결코 잊지 못할 것이다. 갑자기 정적이 감돌았다. 그는 ‘별일 아니야.’라든가 ‘가망이 없군.’ 또는 ‘진찰을 해 봐야겠는데.’라는 말을 하지 않았다. 그는 예복을 입은 채 생명이 빠져나오고 있는 저 젊은 여인의 주변을, 능수능란한 사교계 인사처럼 자연스럽게 대담하게 또 세심하게 서성거렸다. 한참 생각에 잠겼던 그는 마침내 예복을 벗고 셔츠 소매를 어깨까지 걷어 올렸다. — 커프스에 부딪혀 긁히는 단추 소리, 셔츠의 가슴 부분에 댄 딱딱한 가슴 장식 소리도 들려왔다. 그는 비누로 손톱과 손, 팔, 팔뚝까지 솔로 문질러 씻어 냈다.

“이 탈지면과 수건 좀 들고 있어.” 그가 내게 말했다.

나는 그가 결연하게 시트를 걷어 내고 부드러운 반죽 같은 매혹적인 육체를 한 번 더 벌거벗기더니, 상박에 잔뜩 힘을 주어 땀으로 등의 셔츠가 흠뻑 젖도록 반죽을 이기듯이 그녀의 몸을 주무르는 것을 보았다. 그렇게 한참 시간이 흘렀다. 늦게 집으로 돌아가는, 멀리서 들리는 자동차 소리가 이 끔찍한 정적을 깨트렸다. 갑자기 나이팅게일 한 마리가……

하비브가 숨을 가쁘게 몰아쉬었다. 마치 격투사처럼 몸을 숙인 채 잠시 호흡을 가다듬더니 다시 같은 동작을 이어 갔다.

마침내 도살업자 같은 모습으로 그가 몸을 일으켰다. 미소가 스쳤다. 더 이상 피가 흐르지 않았다. 숨이 돌아온 것이었다. 그는 꼼짝도 하지 않고, 자신의 능력을 확신하면서, 또 이런 모험을 감행하고 승리를 쟁취할 수 있게 해 주는, 죽음의 신과 한가족이 되어 발차기로 죽음의 신을 제 집으로 돌려보낸 자신의 엄청난 에너지와 생명력을 자랑스러워하면서 미동도 없이 가만있었다.

……………………………………………………………………

비위가 상한 나는 기진맥진 의자에 쓰러지듯 앉았다. 하비브는 벌써 다시 옷을 입고 있었다. 그러고는 말했다.

"자, 서둘러. 장관에게 포커 게임에 맞춰 돌아가겠다고 약속해 두었어."

파리, 1922.

옮긴이
문경자

서울대학교 불어불문학과를 졸업하고 같은 대학원에서 박사학위를 받았다. 서울대학교에서 학생들을 가르치며 번역가로 활동한다. 옮긴 책으로 『성의 역사2』 『혼돈을 일으키는 과학』 『부르디외 사회학 입문』 『우신예찬』 『에밀 또는 교육론』(공역) 『고독한 산책자의 몽상』 『디자인의 예술』 『카라바조』 『페테르 파울 루벤스』 『모든 것의 시작에 대한 짧고 확실한 지식』 등과 저서로 『프랑스 하나 그리고 여럿』(공저), 『쉽게 읽고 되새기는 고전, 에밀』이 있다.

밤을 단다

1판 1쇄 찍음 2020년 1월 10일
1판 1쇄 펴냄 2020년 1월 17일

지은이 폴 모랑
옮긴이 문경자
발행인 박근섭, 박상준
펴낸곳 (주)민음사

출판등록 1966. 5. 19. 제16-490호
서울시 강남구 도산대로 1길 62(신사동)
강남출판문화센터 5층 06027
대표전화 02-515-2000 팩시밀리 02-515-2007
www.minumsa.com

한국어판 © 문경자, 2020. Printed in Seoul, Korea

ISBN 978 89 374 2963 7 04800
ISBN 978 89 374 2900 2 (세트)

쏜살 자기만의 방 버지니아 울프 | 이미애 옮김
엄마는 페미니스트 치마만다 응고지 아디치에 | 황가한 옮김
마르그리트 뒤라스의 글 마르그리트 뒤라스 | 윤진 옮김
사건 아니 에르노 | 윤석헌 옮김
여름의 책 토베 얀손 | 안미란 옮김
두 손 가벼운 여행 토베 얀손 | 안미란 옮김
이별의 김포공항 박완서
해방촌 가는 길 강신재
소금 강경애 | 심진경 엮고 옮김
런던 거리 헤매기 버지니아 울프 | 이미애 옮김
지난날의 스케치 버지니아 울프 | 이미애 옮김
물질적 삶 마르그리트 뒤라스 | 윤진 옮김
뭔가 유치하지만 매우 자연스러운(근간) 캐서린 맨스필드 | 박소현 옮김
엄마 실격(근간) 샬럿 퍼킨스 길먼 | 이은숙 옮김
제복의 소녀(근간) 크리스타 빈슬로 | 박광자 옮김
세 가지 인생(근간) 거트루드 스타인 | 이은숙 옮김